悠悠蒼鷹探元朝

文／**王文華**　圖／**L&W studio**
審訂／科技部人文社會科學發展中心博士後研究員　洪麗珠

目錄

人物介紹

機車老師

體型手長腳長，活蹦亂跳像螳螂，原是最受歡迎的熱門樂團主唱，這學期莫名其妙擔任可能小學六年級社會科老師。有人問起：他懂得怎麼教學嗎？嗯，這個問題很好，但沒人在意，因為連校長都變成瘋狂粉絲，只想跟他要簽名照。

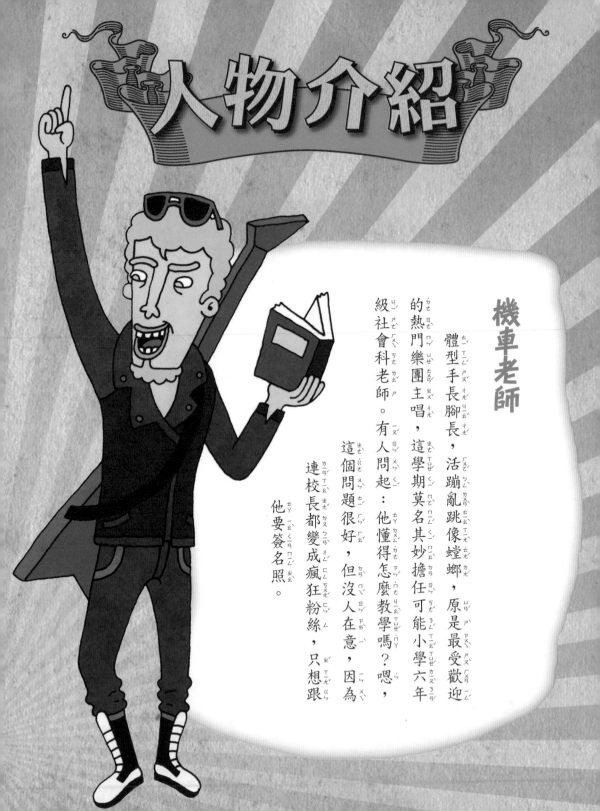

潘玉珊

可能小學六年級學生，有一頭暗紅色的頭髮，和一顆永不止息的好奇心。小四那年跟爸爸騎單車環島；小五爬玉山還游泳橫渡日月潭。目前，她把眼光朝向喜馬拉雅山，勤練攀岩和滑雪，只等暑假，她就要立即出發。

畢伯斯

可能小學六年級學生，崇拜蘋果電腦的賈伯斯。多才多藝，除了是陶藝社社長，還幫話劇社用B-box做配樂。熱愛可能小學，因此患有嚴重的可能小學畢業生症候群，一想到要畢業了，他就煩惱。

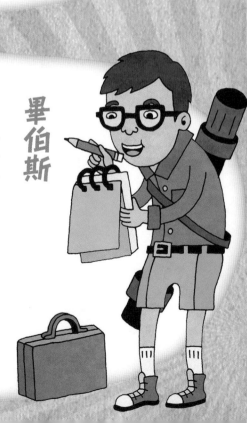

馬可波羅

忽必烈汗三號特使，原本是威尼斯人，來到元朝，見到了忽必烈汗，被他任命出去明查暗訪，調查貪官污吏。他來到江南，在一望無際的草原裡，發現了一株上面有顆粒的「怪草」……

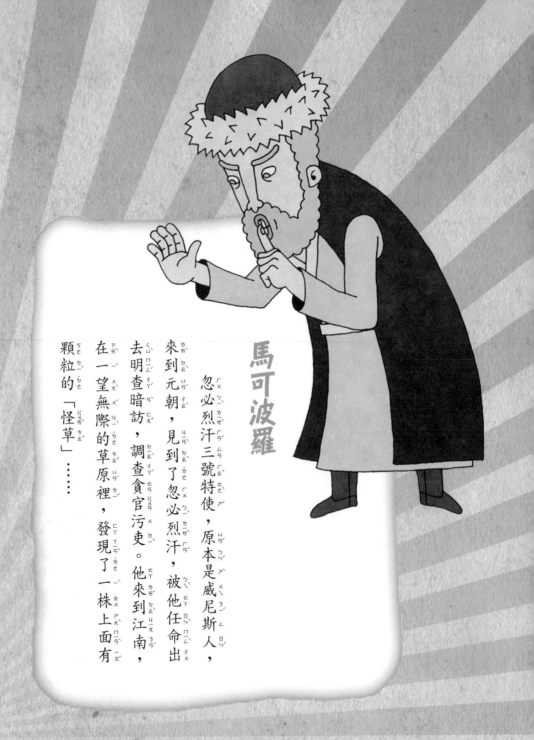

老大爺

富田村的村長。

他一頭花白的頭髮，花白的鬍子，卻在年老時被迫把自己的家燒掉，把全村的人帶到草原住茅草屋，村民只能偶爾回去看看僅剩的一口井，這是怎麼回事呀？

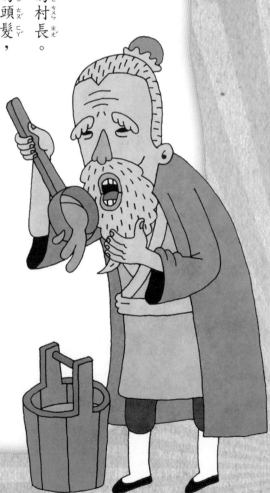

三大國師

胖喇嘛，原名「胖個地瓜」，專精點石成金術，法力高強。

高喇嘛，原名「高兒南瓜」，擅長畫符寫咒，法力無邊。

矮喇嘛，原名「矮你個大冬瓜」，專修降魔伏妖，法力深不可測。

三大國師原是西藏來的聖僧，因為忽必烈汗兩次征日失敗，特派他們到各地建風雨不來臺、辦法會，祈求颱風不要來。為了體諒百姓，國師們有各式代辦業務，只要你有需求，國師們的服務，包君滿意啦。

惡霸馬

富田村的甲主，長得虎背熊腰，蒙古軍能橫掃天下，他的功勞很大。惡霸馬最愛馬，家裡養了幾百匹的駿馬，卻捨不得把馬借人。他有個天大地大的計畫，就是要讓全世界都變成一片大草原，他就可以騎著愛馬馳騁草原，快意江湖。

楔子

「來不及了，來不及了。」可能小學六年級的潘玉珊，裡裡外外跑個不停。

記者會馬上就要開始了，她是經紀人，當然要來來回回的招呼。

且慢！小學六年級的孩子當經紀人？

當然，因為她在可能小學呀。

在可能小學裡，沒有不可能的事——這是可能小學的校訓。

所以，小六的孩子當經紀人，絕對有可能。

今天這場記者會，為的是可能小學的畢業旅行。旅行的出發地在義大利；從南歐義大利啟程，攀爬結冰的高山，橫越酷熱的沙漠，最後到達中國杭州。

在可能小學，連畢業旅行都要別出心裁，不是只有逛逛遊樂園而已。

會有這個活動，全因為他們的社會科老師。

可能小學六年級的社會老師，是一位熱門樂團的主唱——機車老師。

機車老師覺得一般的畢業旅行太簡單，「我們應該想個主題，邊玩邊學，這樣才有教育意義，你說好不好？」

機車老師的話是說給校長聽的；校長還在思考呢，辦公室外的孩子們卻高舉雙手大喊「耶～」，聲音太大了，嚇走滿樹的熊蟬。

他的計畫是這樣的：這回畢業旅行的主題叫做「跟著馬可波羅遊元朝」。

為了籌措旅費，這群孩子要先開一場記者會，大力宣傳機車老師的演唱會。等到機車老師的演唱會賺了錢，大家就用這筆錢搭飛機去義大利，然後從那邊騎驢子，騎駱駝，騎馬到中國的杭州。

因為是社會科課程的一部分，每個孩子都必須負責一點事情：有的人要召開記者會、設置舞臺音響設備；有的人要負責賣門票和仙女棒、維持現場秩序等。

潘玉珊的爸爸拿出十萬元，「我替女兒付旅費，她就不必這麼辛苦了。」

學校老師還沒拒絕，潘玉珊急著推開爸爸的錢，「一輩子才一次的小學畢業旅行耶，我就是喜歡做這種有挑戰性的事！」

潘爸爸把錢推回去，豪氣的說：「那我買一百張門票，支持你的班級活動。」

有這麼明理的家長，有這麼支持學校的孩子，「跟著馬可波羅遊元朝」一定能辦得轟轟烈烈。

大家都這麼想，但是……

明明記者會現在應該要開始了。

明明攝影機應該要架滿房間，幾十個記者舉著手，急切的問問題。

然而，絕對可能會議室裡空空盪盪，一個記者也沒來。

「我的天哪，他們去哪裡了？」

潘玉珊忙著打電話追蹤。

《很有可能時報》的記者在電話中說：「一頭大象發了瘋，掀翻三輛轉播車，你再等等……」

電話那頭傳來動物的吼叫，「喀」的一聲，電話被切斷了。

「難道記者被……」後面的情節，潘玉珊不敢想像。她緊張，一緊張就啃指甲，啃得指甲喀喀響。

叮鈴鈴，她的手機響了。

是《絕對可能晚報》的記者，「剛才有一頭大象不願意進柵欄，霸佔整條道路，動物園的園長在跟牠溝通了，我看至少還要一小時才能解決。」

剛掛斷電話，電話又來了，這回是《好有可能日報》的記者，他們的車子也被大象堵住開不過來。

然後是《最有可能週刊》、《應該可能報導》……

大家的理由都一樣——不把大象請走，沒把車道清出來，記者一個也來不了。

既然這樣，時間還早，潘玉珊還有空去看看機車老師。

機車老師經常開演唱會，在大家面前表演難不倒他。他正坐在化妝室裡，哼著歌翹著二郎腿，任由服裝師、造型師和化妝師替他打扮——這些事當然也是六年級的孩子一手包辦。

潘玉珊看看手上的題目板：「老師，記者會延遲一小時，我們還有時間複習一下這回畢旅記者會的Q&A。」

機車老師閉著眼，化妝的同學正在幫他黏假睫毛。他懶洋洋的跟潘玉珊說：「這不是考試，你別擔心。」

潘玉珊是個負責任的經紀人，她堅持：「還是複習一下比較好。請問老師，可能小學的畢業生為什麼要跟著馬可波羅遊元朝？」

「啊，因為厚……因為上課有提到，啊小朋友……」機車老師的眼皮動得厲害，看來，他是澈底忘光光。

潘玉珊提示：「老師，你要說因為當年馬可波羅到了中國，促進東西方文化的交流，你想帶我們體驗八百年前那場文化交流的盛會啊。」

「對對對，你說的對極了，就是文化交流的演唱會嘛。」機車老師閉著眼睛，根本沒看到潘玉珊的眉頭皺得有多深。

「是促進文化交流的畢業旅行。」潘玉珊嘆了口氣，繼續問：「那麼馬可波羅和可能小學有什麼關係？」

「當然有關係。我們校門口有一家馬可波羅義大利餐廳，美味極了。對了，它的冰淇淋和披薩也很好吃，真正從義大利進口的哦～」

潘玉珊幾乎不抱任何希望了：

「老師……你要說馬可波羅曾經到中國，曾經在忽必烈汗手下當官；

我們的畢業旅行就是要跟著他的路線走一遍。你一定要提到畢業旅行，這樣大家才會來買票支持。」潘玉珊揚揚題目板，「老師，你到底有沒有把這張記者會十八條重點背起來？」

「背？」機車老師坐直身體，張開眼睛：「別急，我本來就打算化好妝再來讀。這樣吧，你先去看看記者會布置得怎麼樣。還有一小時，我隨便讀讀。這麼小型的記者會，絕對沒問題。」

潘玉珊還能怎麼辦呢？

她急如星火的衝回記者會現場。會議室裡的椅子擺好了，臺上的桌巾鋪好了，兩支麥克風充飽電了；但是，會議桌上……

「畢伯斯，飲料呢？」她大吼。

畢伯斯是她的同學。他們一起上過可能小學的超時空課程，去過戰國，闖過東漢，還曾經在北宋遇過包青天。這回他負責擺飲料和印海報。

「我等一下就去搬！」渾身髒兮兮的畢伯斯說。

「停——海報呢？」潘玉珊急得直跳腳，「那張印了大標題和畢業旅行路線圖的海報，怎麼沒有拿來做背景？」

「啊……因為，昨天海報輸出機壞了。」畢伯斯擦擦額頭上的汗；今天早上他已經跑了不少地方，搬了很多東西，例如椅子，桌子和音響。

潘玉珊還是不滿意：

「既然昨天就知道壞了，你為什麼沒有馬上處理？昨晚不睡覺都應該要把它做出來。」

「我以為今天早上一定可以弄好——不然，」畢伯斯對美術有天分，「我用麥克筆畫，你給我兩個小時，我給你一張超棒的海報，絕對沒問題。」

「問題可大了……」潘玉珊絕望的說：「時間根本不夠呀。」

「怕什麼呢？」

門口有個人說話，是完妝後的機車老師：頹廢的重機妝，滿頭亂髮；招牌黑皮衣，背著電吉他，長手長腳的模樣，看起來像一隻活生生的螳螂。

他給潘玉珊一個很鎮定的微笑：

「地圖室裡有張馬可波羅東方行的路線圖，現在去拿來當布景，時間絕對夠。」

潘玉珊拔腿就往外跑。

這是在訓練你的效率和抗壓性，到時候你會感謝我的。

機車老師看看畢伯斯，「畢伯斯，我的氣泡水加冰塊呢？」

「啊？」畢伯斯愣了一下，「什麼雞塊泡冰？」

機車老師把音量加重：「氣泡水加冰塊，你沒拿來，我立刻取消演唱會！」

畢伯斯想起來了，潘玉珊的記者會十八條重點裡有這一條：機車老師只喝北歐進口的氣泡水和南極運來的冰塊，「對對對，氣泡水加冰塊。」

不過，他跑出去卻又折回來：「老師，要去哪裡搬氣泡水呀？」

「你不知道，去問潘玉珊。」機車老師很機車的補了一句：「如果沒找到地圖和氣泡水，我看你們就別回來了。」

1 大汗三號特使

地圖室，在地下三樓停車場裡最偏僻的角落。

可能小學的地圖室很奇妙，他們常在這裡遇到怪事。

這裡的地圖會動，地圖裡的雪還會飄到外面；畢伯斯和潘玉珊甚至曾從地圖室跑進戰國、東漢和北宋。

「這回……」畢伯斯站在地圖室的門口，遲疑了一下，他真的很・擔・心。

潘玉珊可沒空想這麼多；演唱會十萬火急，一分鐘都耽擱不得，她搶先打開門，一腳跨進地圖室，「馬可波羅東方行的地圖在架上數來第三排，你要……」

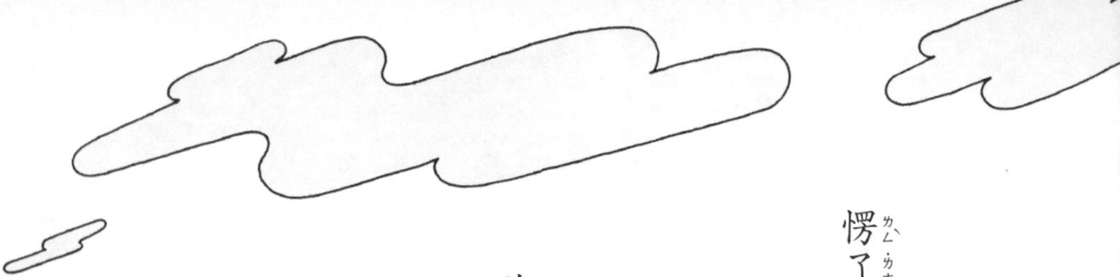

話還沒飄離嘴巴，一股輕微的電流從腳趾頭傳到頭皮；潘玉珊愣了一下，回頭望著畢伯斯。

畢伯斯也正看著她。

四周靜悄悄；一切好像都一樣，也好像有哪裡不一樣。

等他們定下神，抬頭望著地圖室時，咦……地圖室裡什麼都沒有了。

說什麼都沒有也不對，因為他們發現，自己現在正站在一片草原上。

一望無際的大草原上，藍天高高，白雲飄飄，乾燥的空氣，靜止不動的風。

「這裡是哪裡呀？」畢伯斯眼睛瞪得很大，「怎麼完全看不到房子和人呢？」

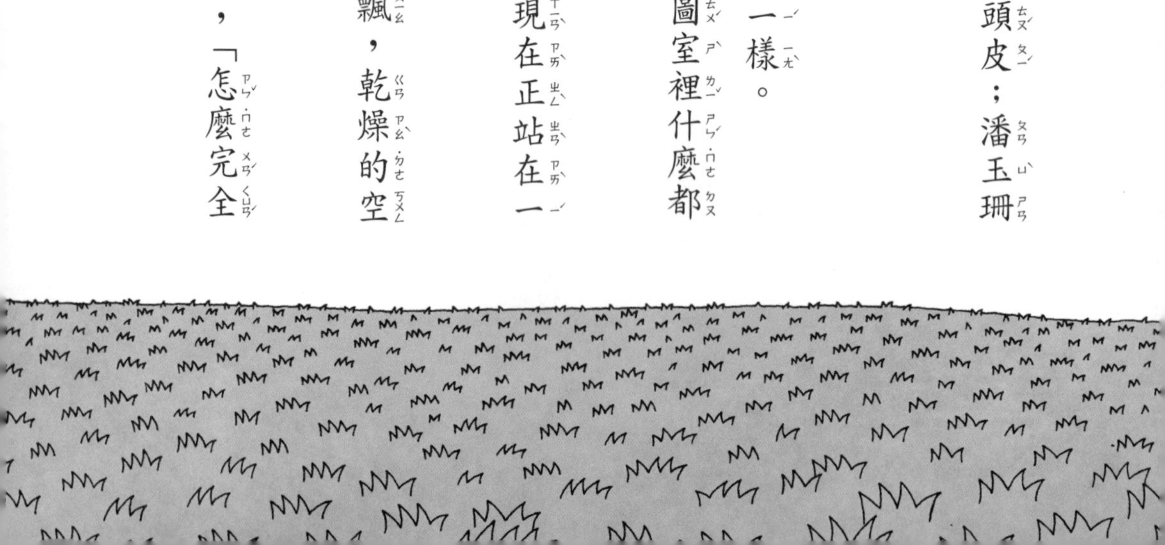

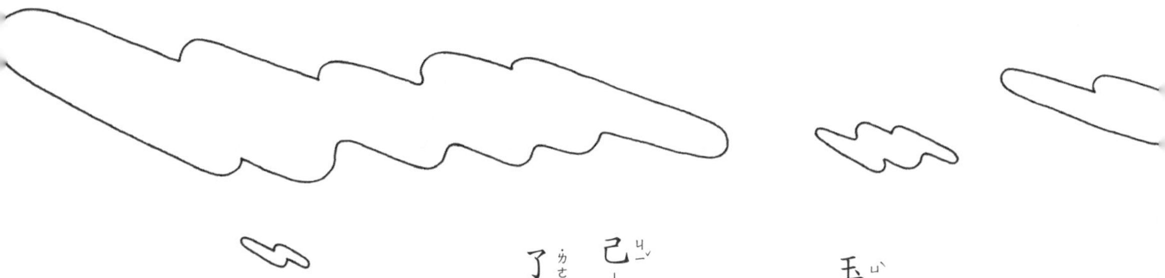

對，這不可能呀。

但是，在可能小學裡，沒有不可能的事。所以，他和潘玉珊互相看了看，兩個人很有默契的回頭……

剛剛走進來的門，消．失．無．蹤。

「那……我們來到了哪一朝呢？」他們同時看看自己——不知道什麼時候，他們的手錶不見了，運動鞋不見了，身上套著不知名的古裝。

潘玉珊緊握在手裡的十八條記者會Q&A也消失無蹤。

她慘叫一聲：「糟糕，我們的記者會……」

潘玉珊是經紀人，她得趕回去；記者要來了，機車老師要上臺了，千頭萬緒的事，怎麼辦呀……

「你想回去，得先找到地圖。」畢伯斯記得，他們每次回到古代，都得找到一張地圖才能回到可能小學。

這個大草原，上哪兒找地圖？

他們東張西望，地平線遠方，有個黑點在動；黑點動得快，漸漸變成一個人。那是個又高又瘦的叔叔，正朝著他們走過來。

他走得好快，畢伯斯好像只眨了一次眼，叔叔就站在他面前，露出黃黃的大板牙對著他笑。

他的鼻子很高，皮膚很白，明顯是個外國人。

「A……」

畢伯斯很少面對外國人，不知道該說哪一句英語好。情急之下，他脫口而出：「Happy Birthday。」

話一說出口，他才想起來，這是在祝人家生日快樂。

「噓——」長手長腳的叔叔看看四周，這才壓低音量問：「你是哪裡來的人，說的是哪一國的話？」

一個外國人說中文？

畢伯斯很好奇：「你又是從哪兒來的？為什麼你會說中文？」

「噓～」叔叔把臉湊近他，「兩位小朋友為什麼在這裡，你們要去哪裡？你們想要做什麼？」

孩子，這個世界還有很多國語言，例如義大利文、法文和德文，英文只是其中之一呢。
你明明是外國人，怎麼不會說英文？

潘玉珊看他長手長腳，說話時手舞足蹈的樣子，簡直就跟……跟機車老師一樣。

一想到機車老師，她就覺得這個叔叔好親切：「叔叔，我是潘玉珊，他是畢伯斯，我們要怎麼稱呼你呢？」

一聽到要問名字，怪叔叔激動的把手指放在脣上，「噓～我是大汗的特派使者馬可波羅，我奉命出來明查暗訪，不能告訴你們我的名字，懂不懂？噓～」

「你是馬可波……」潘玉珊興奮的跳了起來。

怪叔叔急忙把她拉下來，「唉呀，我又說溜嘴了。噓～小姑娘，你別把我的名字說出去。」

「你……你是威尼斯人，從義大利來中國十幾年……」這下子連畢伯斯也激動了，「元朝？我們來到元朝……」

怪叔叔伸手摀著畢伯斯的嘴巴：「噓～別激動，大汗派我來明查暗訪。明查暗訪懂不懂？你們叫這麼大聲，就不能明查暗訪了。」

畢伯斯掙脫他的手：「你長得就是外國人的臉，不管走到哪兒，大家都看得出來呀。」

「那怎麼辦呢？」

潘玉珊替他把衣袖拉長，用帽子套著頭，「低頭走路，別亂說話，維持低調，你才能暗中調查嘛。」

「對對對，維持低調才能暗中調查。」怪叔叔點點頭。

話才剛說完，這位叔叔突然趴到地上，研究起草來了。

「你在看草？」畢伯斯說：「草有什麼好調查的？」

叔叔把草拿來聞一聞：「怪怪的。」

「是味道嗎？」潘玉珊問。

「噓～」馬可波羅又把草放進嘴裡嚼一嚼。

「這是……」潘玉珊問。

馬可波羅用一種很正經的口氣說：「這裡應該長稻，不該長草。」

畢伯斯忍不住笑了：「它是草，愛長哪就長哪，還要叔叔你來查？」

「長在草原沒問題，長在稻田就大大有問題。」

畢伯斯問：「什麼問題？」

馬可波羅用手遮著陽光：「草不能長出大白米，這就是問題……

噓～」他突然側著耳朵，聽了聽：「有人來了。」

馬可波羅

元朝時，中國曾經來了一個著名的商人——馬可波羅。

馬可波羅十七歲那年，第一次跟著父親與叔叔到中國。十七歲的他對東方的事物充滿好奇，並表現出極大的興趣。他到了中國，有幸見到忽必烈。忽必烈聽他講來時的經歷，覺得他口齒清晰，講話井井有條，對他很重視，便派他去各地工作。回到大都後，馬可波羅總會告訴忽必烈各地方有趣的事情。

來中國一段時間後，馬可波羅開始懷念家鄉威尼斯的一切，他幾次向忽必烈請求，讓他能離開蒙古返回家鄉。但忽必烈喜歡馬可波羅，希望把他留在身邊，總不肯答應他的請求。幸好，機會來了。西元一二九一年，忽必烈準備將一位蒙古貴族女性賜婚給伊兒汗國國王。馬可波羅爭取到這次的機會，陪伴這位貴族姑娘，從大都雇了船，輾轉由水路到了伊兒汗國；完成任務後，他終於回到朝思暮想的威尼斯。

馬可波羅回到故鄉，卻在對熱那亞戰爭中成了俘虜。在監獄期間，他向獄友描述在亞洲的旅遊經驗。獄友出獄後，將馬可波羅的故事寫成書，這就是後來有名的《馬可波羅遊記》。

西元一二九九年，威尼斯打了勝仗，馬可波羅被釋放了。他回到威尼斯之後又繼續經商，很快就成為富有的商人。他捐錢給其他的探險家，但卻再也不離開威尼斯了。

馬可波羅是很早到達遠東地區的歐洲人之一。他對地理和政治的觀察和描述都很仔細；由他眼中看出去的遠東文化、宗教和風俗對歐洲人來說是新奇的。馬可波羅的旅行，後來影響了歐洲地圖的製圖觀念，也激勵了哥倫布和其他的探險家到遠東的渴望。

2 值得調查的井

草原上，數不清的紅蜻蜓飛舞。一群人像條長龍跑過來。有男有女，有老有少，手裡都提著一個木桶。帶頭的是個老大爺，花白的頭髮，花白的鬍子。

馬可波羅抬起頭，比個「噓」，自言自語的說：「怪怪的，得跟著去看看。」

老大爺年紀大，跑起來卻很快，經過他們身邊時，馬可波羅急忙把頭低下。

那群人連停也不停，喘著氣，跟著跑過他們身邊。

潘玉珊拉住一個灰衣服的姑娘，「請問，你們要去哪裡呢？」

灰姑娘掙脫她的手，不理她，繼續追著人龍。

「他們到底要去哪兒？」潘玉珊很不解。

「說不定他們是要去挖寶藏。」畢伯斯猜。

馬可波羅催著他們：「跟上去，看明白，探得什麼不法的事情，我立刻回去稟報大汗。」

馬可波羅手長腳長，他跟在隊伍的尾巴跑，肢體看起來不太協調。

潘玉珊的好奇心重，她也追上去。

「前面有什麼呢？」她問自己。

她想：「可能是個養鴨場，大家提水桶去撿鴨蛋？」

她又猜：「也可能是這個村子在辦水桶馬拉松賽跑？」

「還是，」潘玉珊好興奮，「前面有人發禮物，這才需要提著水桶快跑。」

愈想愈有趣，潘玉珊愈跑愈起勁。

可憐的是畢伯斯，他最討厭跑步了：「這種漫無目的的跑有什麼好玩的呢？」

他跑得很掙扎，好幾次停下來，喊著：「等等我嘛……」

潘玉珊不肯停下來，她怕去晚了，搶不到禮物，「古人發的東西，拿回可能小學就變古董了耶。」

畢伯斯還能說什麼呢？他只好擦擦汗，跟著往前跑。

幸好，再長的路，只要一直跑下去，總能跑到終點。

終點還是在草原上。

畢伯斯抵達時，大家正圍成一個圈。那裡看起來跟其他地方一樣，天寬地闊，地上除了草還是只有草。

圓圈中央，草皮被人掀開，底下有塊圓型的木板；拿起板子，眼前出現……

「井？」潘玉珊不敢置信，跑這麼遠，就為了看一口井？

馬可波羅按著她的手，又比了一個「噓」。

井不大，跳出幾隻青蛙，井水映著藍天和白雲。

「啪」，一個木勺打破藍天。老大爺舀了一勺水，喝了一口：「甜！還是富田村的水最甜。」

一口藏在草皮下的井？為什麼連喝水也要偷偷摸摸的？

「我也喝一口。」

「我也要。」

潘玉珊和畢伯斯跑了半天也渴了；他們沒帶水桶，只能舔舔嘴脣。老大爺好心，分了一勺水給他們。

「喝喝看，我們富田村的水，遠近馳名的甜喲。」

「這裡叫富田村？」潘玉珊的勺子停在半空中，「看不到田呀。」

「你們為什麼要把井藏起來呢？」畢伯斯問。

老大爺正想回答他，有個粗魯的人一把搶過潘玉珊手裡的勺子，咕嚕咕嚕灌下半勺子的水，這才用袖子擦擦嘴巴，心滿意足的說：「唉呀，好清甜。」

潘玉珊雙手扠著腰說：「你這人真是沒規矩，喝水不排隊！」

那人穿著打扮像書生，口氣卻像流氓，他瞄了潘玉珊一眼說：「你這下等的小姑娘，要是惹得大爺我不開心，連水也別想喝。」

潘玉珊不服氣：「你說我是下等人？」

她想衝上前去，卻被人一把拉住——是老大爺。

「秀才大人，她不是我們富田村的人。」老大爺說，「您別跟她一般見識。」

秀才得理不饒人，繼續說：「那我要不要排隊呀？」

老大爺再幫他舀了一勺水：「當然不必，您永遠排最前頭。」

秀才得意的把水接過去，故意看看潘玉珊：「我如果多喝一瓢？」

人們搶著說：「十瓢也行。」「您肯喝富田村的水，那是看得起我們

哪。」

秀才的勺子停住了，他說：「我家裡的水缸……沒水了。」

老大爺拍著胸脯：「我們全村老老小小排隊替您挑水去，保證您家裡的水缸天天滿。」

「對對對，保證天天滿。」一個老大娘說。

「要喝多少有多少。」幾個小伙子說。

秀才滿意了，把勺子丟還給老大爺，說：「既然這樣，我就不跟馬大人說你們偷偷藏了一口井想造反。」

「造反？」老大爺雙手一攤，「我們哪敢呀？」

「對呀對呀，我們都是善良的百姓。」眾人大聲的解釋。

「您大人有大量，千萬別跟我們的達魯花赤——惡霸馬大人說呀。」

秀才看看他們，食指在大家面前搖了搖：

「你們這麼說，好像我在威脅你們似的？」

一個老大娘說：「您是愛我們，哪會威脅我們呢？」

另一人搶著說：「能被您威脅是莫大的榮幸呢。」

「等一下，你們是怎麼回事？」潘玉珊快氣瘋了，她拉著秀才的衣袖：「你是個讀書人，卻這麼無恥……」

她話還沒說完，被人連拖帶扛請到後頭。老大爺為難的說：「小姑娘，求求您，別再跟他吵了，咱們不能跟他吵架呀。」

「為什麼？」

老大爺的神色很慌張：「你被太陽晒昏頭了嗎？惡霸馬大人如果知道我們偷偷藏了一口井……」

畢伯斯擠進人群裡問：「就只是一口井呀。」

「這井呀，絕對不只是一口井，」老大爺偷偷的說：「你們年紀小，不懂事。惡霸馬大人有個夢想，他要把這裡變成草原；他不讓我們種田，規定把全部的井統統填平。」

「變草原？」

「封井？」

眾人點頭，「如果草原上有一口井，會害得惡霸馬大人的愛馬摔跤。」

風吹草低，景色很美，潘玉珊問：「在這裡騎馬放羊不錯呀，為什麼不能留了草原也留下井呢？」

秀才推開人群，走到她面前：「還是小姑娘懂事，把江南稻田變成草原，該是多美呀！」

馬可波羅聽了搖搖頭，順手拔了根草在嘴裡嚼。

畢伯斯覺得好玩，也學他拔了根草來吃。

甜甜的，澀澀的，嚐起來跟其它的草一樣。他想問馬可波羅這麼做的原因，馬可波羅卻低著頭，似乎在思考著什麼。

稻田變草原

蒙古人是游牧民族，他們的生活習性是「逐水草而居」，帶著成群的牛、馬、羊跟隨水源和牧草去放養。當蒙古人來到中原地區，他們很難接受漢人耕田的生活方式；蒙古有臣子主張，要讓大片的良田荒廢，變成牧場好放牛羊。

幸好，當時有個名叫耶律楚材的宰相，他勸大汗：「如果讓百姓種田，可以收到更多稅金。」收稅金就是收錢；白花花的銀子讓大汗開心，這才勸阻了蒙古人把田地變成牧場的想法。

耶律楚材被後人尊稱為北臥龍，名聲直追三國的孔明。耶律楚材是契丹族後代，他從小就很聰明，讀了很多書，學識淵博；後來跟隨成吉思汗打仗，一路做到了宰相。

成吉思汗在行軍之前，都會請耶律楚材先占卜得失；他所預測的事情都能在事後應驗，所以得到成吉思汗很大的信任。

蒙古軍隊攻打汴梁時，由成吉思汗的兒子窩闊臺帶領，他們遇到金人的頑強抵抗。在蒙古軍隊獲勝後，有武將為了報復金人，主張放火把整座城燒了，把老百姓殺光。耶律楚材向窩闊臺進諫：「您用兵的目地，只為了獲得土地與人民。如果殺光了全城的人，您得了土地而無百姓，又有什麼用呢？」

窩闊臺覺得有道理，這才放棄屠城的想法，保住了一百多萬人的性命。

超時空傳聲筒

3 三大國師下江南

喝完了水，秀才站起來，拍拍肚皮：「嗯，別忘了，你們每天要提十桶水到我家。」

「一定，一定。」老太爺說：「您是尊貴的秀才大人，為您服務是我們的榮幸。」

「那我們呢？」三個喇嘛從外頭擠進來，一高一矮，另一個帶頭的是個圓滾滾的胖喇嘛。他笑嘻嘻的走向秀才，拿走勺子，咕嚕咕嚕喝了大半勺，擦擦嘴，打了個長長的飽嗝。

秀才想抗議，被胖喇嘛瞪了一眼，話又縮了回去。

「好水，請我們師兄弟嚐嚐。」胖喇嘛看著他，「行嗎？」

「行……行。」秀才有點結巴，「你們是……」

矮喇嘛翻了翻白眼，高喇嘛提起秀才的領子，秀才像肉粽一樣被他提在半空中，卻連動也不敢動。

「我們是大汗御封三大國師……」高喇嘛說到這裡，把手一鬆，秀才「砰」的一聲跌到地上。

畢伯斯想，秀才一定會很生氣，甚至衝過去跟他們拚命。

沒想到，秀才卻趴在地上問：「三位真的是國師？」

高喇嘛一腳踩上他的背，矮喇嘛把臉湊近了說：「你聽過八思巴嗎？」

「聽過，聽過。」秀才討好的說：「那是忽必烈汗親封的國師。」

胖喇嘛把他拉起來說：「八思巴大師是我們的師父。」

「唉呀，果然是三位國師大駕光臨，請請請，」秀才急忙討了勺子，推開一群人，搶著舀來清水，「國師，請用水。」

高喇嘛喝了一口，把勺子丟給他，秀才笑嘻嘻的接住，回頭卻命令畢伯斯：「再舀再舀，沒看見國師要喝水嗎？」

畢伯斯動作慢了一點，秀才踢了他一腳，痛得畢伯斯齜牙咧嘴。

矮喇嘛大搖大擺走到老大爺面前。他的身高不高，站起來還比畢伯斯矮了一個頭，但是他的眼睛特別大。

這雙大眼睛，正把老大爺從頭到腳打量一番：

「你是村長？」

老大爺被他看得心裡發毛：

「對對對，我是富田村村長。」

矮喇嘛直盯著他：「風雨不來臺建好了嗎？」

「風雨臺？」

胖喇嘛拍拍村長的臉頰：「是『風雨不來臺』，我們要用來作法的臺子。」

「記……記得，前幾天有命令，說每一村都要搭風雨臺。」

「是『風雨不來臺』，」矮喇嘛不耐煩，聲音尖了起來：「我們來的路上，可都沒看見臺子。」

「因為……因為……」

老大爺支支吾吾的，說了老半天也講不清。

畢伯斯偷偷的問：「什麼是風雨不來臺？」

秀才正在整理衣冠，他聽了，把帽子擺正，這才說：「大汗有命令，四海建高臺，不來風，不來雨，祈求大汗征日成功。」他說完，拍拍鞋上的泥後，回頭朝著矮喇嘛問：「國師，我說的對不對？」

胖喇嘛點點頭：「對，你說得對極了。」

秀才一聽，更得意了。

潘玉珊扯扯秀才問：「你剛才念那一長串，又是什麼意思呀？」

秀才連忙把她的手拍開，怕剛整理好的衣服又亂了；他沒好氣的說：「成吉思汗西征，打遍天下無敵手，建立了一個偉大的帝國，有沒有？」

「有嗎？」畢伯斯搔搔頭。

秀才搖頭苦笑：「你要說『有』，這樣我才好往下說。」

畢伯斯立刻接話：「有有有，有史以來最偉大的帝國。」

「只是忽必烈汗派的攻日遠征軍，卻連吃兩次敗仗。」

潘玉珊不相信：「日本有那麼厲害？」

她的聲音太大了，馬可波羅想叫她小聲一點都來不及；矮喇嘛走到她面前，仰著頭，用他的大眼惡狠狠的看著她說：「不是日本厲害，是大汗的遠征軍碰上颱風。」

矮喇嘛個頭比她小，但是當他瞪著潘玉珊時，她還是嚇得退了一步。

畢伯斯急忙岔開話題：「所以……你們要來搭個什麼風雨臺？」

「不是我們，是大汗。」矮喇嘛雙手扠著腰說：「大汗要蓋的是風雨不來臺，我們三大國師要登臺施法……」

胖喇嘛用肚子當成大鼓，他拍拍肚皮說：「颱風遠去，大軍勝利。」

看我們三大國師大展神力，把颱風嚇得再也不敢靠近！

畢伯斯學過自然，懂得氣象，他說：「夏天颱風多，請大汗避開夏季，選春天去打仗吧。」

潘玉珊還建議：「秋高氣爽的日子更好，我下回爬玉山，就打算在秋天出發。」

矮喇嘛冷笑：「小小年紀，假裝懂什麼天文地理，別在旁邊瞎說。」

潘玉珊抗議：「那是氣象知識，你只要每天看電視新聞……」

矮喇嘛不讓她把話講完，搶著說：「小小颱風，有何能耐？我們三大國師一出手……」

「颱風遠去，大軍勝利。」胖喇嘛拍拍肚皮，咚咚作響。

畢伯斯忍不住問：「你們會趕颱風？」

三個喇嘛異口同聲：「當然！」

潘玉珊有疑問：「但是，颱風要怎麼趕呢？」

矮喇嘛把勺子一扔，兩手一拍：「小姑娘沒見識，我們的本領高，念經作法，搖旗祝頌。」

胖喇嘛身形像個彌勒佛，動作卻很靈活，他手舞足蹈的說：「雲闊天清，風平浪靜，大汗遠征日本，必定成功。快快快，你們快搭臺，別誤了大事。」

他說到最後一句，全身停住，等了半天，卻只有秀才一個人鼓掌；掌聲稀落，他尷尬的站起來：「你們還不走？」

「去哪裡呀？」富田村的村民們問。

矮喇嘛用盡全身力氣，大吼一聲：「搭臺子呀！」

「對對對，搭臺子。」

這一大幫人又排起了長龍，無聲的向後轉。

最興奮的是秀才，對著眾人又推又打，彷彿他也是個國師。

成吉思汗西征

歷史上曾經出現過一陣可怕的馬蹄聲，聲響來自蒙古草原——成千上萬的蒙古騎兵，他們發出興奮的吶喊，張弓射箭，由東向西打敗許多國家。

統領這支騎兵的是成吉思汗，他原來的名字叫做鐵木真。

鐵木真的父親，本是草原上一個部落的首領。

草原民族的戰鬥力很強，可是不團結，有上百個部落就有上百個意見，部落之間經常打仗。鐵木真九歲時，父親就是被敵對部落殺死的。

為了躲避敵人追殺，鐵木真帶著族人躲進山溝，慢慢培養實力。鄰近部落的人知道他的公正與勇猛，紛紛過來投靠他。他花了很長的時間，終於統一了蒙古各部落，被大家尊稱為「成吉思汗」。

「汗」是一種尊稱，類似「皇帝」、「國王」的意思；而「成吉思」有「偉大的」含義，「成吉思汗」翻成現代的用語，就是尊稱他是個偉大的君王。

蒙古族統一了，成吉思汗開始進行一連串的征伐：

他向南攻擊金朝，並派出二十萬大軍攻擊西方的花剌子模。蒙古軍快如閃電的攻擊戰術，配合戰馬的衝鋒，很快就把蒙古勢力擴展到俄羅斯東部，建立一個龐大的帝國。

最後，他的眼光又落回南方。攻擊西夏時，成吉思汗受了重傷，他在病床上仍不忘告訴將領們，要持續攻擊金朝，恢復蒙古人的驕傲。

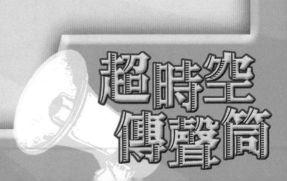

超時空傳聲筒

成吉思汗死後，他的兒子窩闊臺按照他的遺囑，包圍金朝的京城，在西元一二三四年消滅金朝，完成他最終的遺願。

蒙古三次西征，把中國的發明如火藥、造紙術、印刷術、羅盤等傳到西亞及歐洲等國；同時也將西方的天文、醫學、曆算等傳入中國。由此可見，蒙古西征確實對中國歷史有極深遠的影響。

成吉思汗圖像

忽必烈

元世祖忽必烈是成吉思汗的孫子。他聰明又細心，珍惜人才，廣聽諫言。為了爭奪統治者的寶位，他必須和兄弟互相攻擊。但是他成功登上皇位後，帶給蒙古更多的建設，擴張了蒙古的版圖。

在他的領導下，蒙古大軍長驅直入，滅掉南宋，建立元朝。

忽必烈是少數重視漢人文化的統治者。他決定把國號稱做「元」，就是來自《易經》裡的「大哉乾元」這句話，意思是希望國家「跟天空一樣廣大」。

消滅南宋、建立元朝後，他並沒對漢族展開屠殺，反而敞開胸懷去認識、接納其他族群的文化；或許就是這樣的胸襟，才能讓他的國家版圖不斷的擴大。

忽必烈治理國家的本事，是蒙古所有大汗之中最好的。他雖然來自游牧民族，但十分重視農業的恢復和發展；他實行「以農桑為本」的農業政策，發展農業生產，讓飽受戰爭摧殘的人民，有了喘息的機會。

在他主政之下，元朝的經濟迅速的恢復；商業繁榮、對外交往頻繁是這個時代的兩大特點。威尼斯人馬可波羅是這一切的見證。

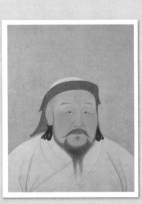

忽必烈汗圖像

超時空傳聲筒

忽必烈遠征日本

十三世紀，蒙古大軍像颶風橫掃全球，先後征服金國、西夏、花剌子模以及俄羅斯。當時人們所能想到的陸地，幾乎都變成蒙古帝國的領土。

當忽必烈打敗朝鮮，知道海峽對面還有個日本，他很興奮，要求日本天皇派使臣到元朝。但是，不管去了幾次使臣，日本就是不肯向他稱臣納貢。

忽必烈憤怒了。他在西元一二七四年，派出九百艘戰艦，第一次攻打日本。初期的戰事很順利，他們也佔領了幾個小島，只是打到一半，來了一場罕見的颱風。蒙古軍沒遇過這種天災，他們的船艦被吹得七零八落，只剩少數人安全回來。

日本人喜出望外，認為這是上天保祐，全國展開大規模拜神運動，將這場颱風稱為「神風」。當時，日本人判斷，忽必烈一定會捲土重來；為了加強海防，他們沿著港口修築了一條高約兩公尺、寬約三十四公尺的海岸長城。

七年後，忽必烈果然再次派出大軍和幾千艘軍艦，向日本進攻。日本頑強抵抗，善於野戰的蒙古軍一直討不到便宜；更巧的是，那次又來了颱風，蒙古軍再次受到沉重的打擊，幾十萬大軍大敗而歸。

這兩次失敗，讓忽必烈明白一個道理：世界上真的有蒙古人征服不了的地區。

蒙古人打仗的特色：一個是很能吃苦，另外一個是機動性非常高！可是，在海上遇到颱風的時候，這兩項特長都沒有機會發揮！

4 惡霸馬

一腳高一腳低，這片草原高高低低。

畢伯斯不小心，「咚」的一聲被草絆倒；他爬起來，身上還有根長長的草。

畢伯斯把草拿起來，正想丟掉，卻發現這草怎麼結了穗，倒像是……

「這是稻子，」馬可波羅瞄了一眼，「嗯，得好好調查的稻子。」

稻子應該種在田裡，現在卻像棵野草。

或許是缺水，這株稻穗上的穀子都營養不良。

潘玉珊跑到老大爺身邊問：「你們把稻子當成野草？」

「不是我們，是他們。」老大爺解釋。

「誰呀？」

「惡霸馬呀。」老大爺說：「那個惡霸馬以前是將軍，聽說打仗時很厲害，他還當過什麼千戶長、萬戶長的，現在是這裡的達魯花赤。」

「什麼是打滷花枝？」畢伯斯不懂。他吃過大滷麵，難道是在麵裡加花枝？加了花枝的麵跟當官有什麼關係？

「不不不，蒙古人把朝廷任命的地方首長，統統稱做『達魯花赤』。我們這裡都歸惡霸馬管，他想幹什麼就幹什麼。」

潘玉珊問：「所以，他想把稻田變成草原？」

「不止呢。自從惡霸馬來了以後，他作威作福，河裡的魚是他的，草原上的兔子也是他的。不管他叫我們做什麼，我們都要趕快去做；要是不聽話，就等著挨鞭子！」

老大爺的話，惹得人群裡傳來一陣陣啜泣的聲音。

「你們可以逃走呀。」潘玉珊說。

「能逃哪裡去呢？」老大爺搖搖頭，「我們原本的瓦房得全部拆掉，全村搬到不妨礙他騎馬的地方；原來的富田村也就只剩下那口井了。」

畢伯斯好奇的問：「那你們又為什麼要回到那口井邊？」

「水是故鄉甜，我們住得再遠，也要常回老家……不，是『老井』看看。」老大爺的眼眶裡，有滴淚水滾來滾去，他強忍著，不讓淚水流下來。

此時就在他們眼前，出現一個很小的村子。幾十棟茅草屋沿著小路東倒西歪的靠在一起，看起來很可憐。

「三位國師，這就是現在的富田村。」老大爺嘆口氣，「國師想住哪一間屋子都行，因為每一間都一樣。」

「就這種破茅屋？」高喇嘛不太自在。

秀才在旁邊幫腔：「你們應該拿出更好的東西招待國師哪。」他邀功似的回頭跟胖喇嘛說：「我知道誰家偷偷養了一頭羊。」

「我們是國師，出來辦法會，一向是與民同苦，從不與民爭利。這一路以來，別說是羊，連雞都沒吃過。」胖喇嘛露出滿意的笑，「今天，難得你們有孝心，快去準備好房讓我們休息。」

大嬸們搖搖頭說：「沒啦，就這幾間茅草房。」

「那裡呢？那是誰家呀？」高喇嘛指著村尾。

潘玉珊踮起腳尖看，村尾真的有片紅牆黑瓦的高大建築。

「那……那是這裡的達魯花赤——惡霸馬大人……的家……」人們壓低了聲音。

秀才急忙跑到前面說：「國師、國師，小的帶路，我帶大家去找馬大人。他聽說國師來了一定很開心，不論是住宿吃飯還是玩樂，惡霸馬大人最大方了。」

「那好吧，」胖喇嘛說：「剛好我們走路走得腳痠，我們順便跟惡霸馬借幾匹馬，好繼續接下來的行程。」

「這……」秀才猶豫了一下，「馬大人最寶貝他的馬，要借恐怕有困難。」

「不行，我們就得借幾匹馬，」胖喇嘛說：「堂堂國師連馬都沒得騎，能看嗎？」

「這……這……」秀才還是面有難色。

「快走吧，還等什麼呢？」矮喇嘛抬腿一踢，他的腿太短，只踢到秀才的膝蓋，還因為用力過度，差點兒仰天跌倒。

秀才揉揉膝蓋，領著三位國師，外加一群富田村的村民，浩浩蕩蕩來到村尾的大廣場。

兩隻石獅鎮守一棟雄偉的大瓦房。四個挺胸凸腹的僕人把守著門口兩旁。

「幹什麼呀？」僕人攔著。

「兄弟，不認識我了嗎？我是富田村的秀才。」

一個僕人推開他，「去去去，少來這裡添亂。」

秀才拉著那僕人說：「兄弟，別急呀，我今天帶了三個國師來。」

「國師？」那僕人有疑問。

高喇嘛不耐煩的說：「去告訴馬大人，三大國師來了。」

「這名號沒聽過。」僕人們搖搖頭，「主人沒交代。」

高喇嘛從懷裡掏出一塊亮晶晶的牌子說：「這是大汗親賜的金牌。」

四個僕人還沒看清楚，矮喇嘛就搶著大喝一聲：「還不通報？」聲音像雷，讓僕人們慌了手腳，一個急忙進去報訊，另外三個哈腰曲膝：「請進、請進！」

三大國師跨過門檻，胖喇嘛一回頭，發現跟在後面的村民都站著不動，「你們怎麼不來呢？」

老大爺搖搖頭說：「我們……」

胖喇嘛招招手說：「等會兒馬大人若是送我們金銀珠寶，你們得幫忙搬回去呢，進來吧。」

達魯花赤

蒙元是個很特別的帝國，它的幅員遼闊到我們無法想像的程度。它的領土除了橫跨歐亞大陸，還管理北極與南海；從極冷到極熱，都是它統治範圍內。元朝帝國內的民族也特別多——有這麼大的國土，當然就有很多的民族被包容進來。

國家大，民族多，每個地方與民族的風土習慣都不相同，怎麼管理呢？

元朝有個特別的制度——達魯花赤。所謂達魯花赤，就是元朝的中央政府向全國各地各級政府部門派遣監臨官（用蒙古話來說就是「達魯花赤」），比如，某縣有個縣令，那就再派一個達魯花赤去。也就是說，這個縣裡有兩個主管，縣令主持一般工作，達魯花赤監督並且管理印章。縣令有事要先向達魯花赤通報，並且得到達魯花赤同意。

在元朝，每一個政府階層幾乎都有達魯花赤。那什麼人可以擔任達魯花赤呢？這是有嚴格的資格限制的。只有元朝統治者信任的蒙古人和色目人才可以擔任達魯花赤；如果你不是這兩種人，不好意思，你很難有機會做到這工作囉。

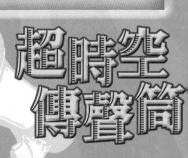

5 借馬

一行人才邁進大門一步，就被眼前的景象給震懾住了。如果下巴會掉下來，畢伯斯的下巴已經合不攏了。

推開大門，出現在他們眼前的，竟然是一片草原。

畢伯斯忍不住往兩邊看看。原來，大瓦房只是一道牆，牆內沒有房子，只有一望無際的大草原。

草原上有幾匹馬，幾個巨大的白色帳篷。帳篷邊是個獸欄，裡頭有兩頭老虎，牠們無聊的趴著，無聊的望著畢伯斯。

「誰會在這裡露營呀？」畢伯斯搖搖頭，想不透。

「酷斃了。」潘玉珊拍拍帳篷，「能在自己家的草原上露營，這才酷。」

幾個帳篷中央有個小戲臺，兩個人正在臺上唱戲。後頭的樂班有十幾個人，拉琴、敲鑼、吹笛，好不熱鬧。

戲臺下觀眾很多；一個胖子坐在鋪了虎皮的椅子上，神情高傲。

胖子的手在腿上打著節拍，聽得很投入。

領眾人進門的僕人不敢打擾那胖子，只低聲吩咐眾人：「今天有從大都來的雜戲團。主人吩咐過，他聽戲時，誰也不能吵他。」

「有戲曲可聽，菩薩下凡塵。」胖喇嘛笑嘻嘻的坐了下來，還不忘招呼大家：「坐吧坐吧，聽戲吧！」

「聽戲，我喜歡。」畢伯斯也坐下來。天空藍，雲很少，在這種地方聽戲，真像在廟口看野臺戲。

兩個演員在臺上演戲，動作不大。

一個拿著馬鞭咿咿啞啞唱著，另一個走來想跟他搶馬鞭。

這演員不肯，那演員不讓，兩個人一來一往動作很滑稽，臺下響起陣陣笑聲。

「這到底在唱什麼呀？」高喇嘛問。

「無聊，還是打來打去的戲比較精采！」胖喇嘛說。

秀才擠進來，討好的說：「國師大人，這是馬致遠寫的曲，唱的是借馬的段子。您在大都沒看過戲嗎？」

胖喇嘛愣了一下說：「……我有看過戲呀。」

「當然當然……」高喇嘛不自在的說：「我們當然都看過。」

矮喇嘛瞪了高喇嘛一眼，「不過，我們這些國師，天天都很忙，沒空聽什麼馬什麼牛的戲。」

「對對對，國師以朝廷為重，當然沒空聽戲。」秀才想退回去，領子又被高喇嘛扯住。

高喇嘛問他：「然後呢？這戲到底在說什麼？」

「啊，這段子叫做『借馬』。」

胖喇嘛放了他，「借馬都能變成戲？」

秀才點頭說：「這就是馬致遠厲害的地方。拿鞭子的是馬主人，他有匹心愛的千里馬，每天餵牠上好的草料，把馬養得好極了。因為太愛馬，捨不得騎去太遠的地方，也捨不得牠走路不平的地方。」

「馬癡子，愛馬如命。」高喇嘛說。

「我爸爸照顧他的老爺車，也是天天洗天天擦，下雨天也捨不得開。」潘玉珊說。

秀才以為她說的是馬車，哼了一聲：「馬車也要天天洗？真是草包。」

潘玉珊不跟他爭，接著說：「然後呢？」

秀才開始跟著臺上的戲子唱著：

「有那等無知輩，出言要借，對面難推……」

畢伯斯拍拍手：「這段我懂，意思是竟然有人敢來向我借馬，我又不知道該怎麼辦。」秀才賞他一個讚許的眼神。音樂變快了——

拋糞時教乾處拋，尿綽時教淨處尿，

拴時節揀個牢固樁橛上繫。

路途上休要踏磚塊，過水處

愛馬十大守則：
一、幫馬找乾淨的「公共廁所」
二、不能隨處亂停「馬」
三、騎馬要遵守交通規則
四、天氣太熱不騎馬
五、天氣太冷不騎馬
六、太陡的路段不騎馬
……
……

不教踐起泥。
有汗時休去檐下拴，渲時休教侵著顙，
軟煮料草鍘底細。
上坡時款把身來聳，下坡時休教走得疾……

這一段全是馬主人在叮嚀借馬人，要小心呵護他的馬。畢伯斯雖然有幾個字聽不太懂，但是配上演員那猶豫不捨的表情，他還是可以猜得出來：「這個又囉嗦又小氣的人，他那匹馬到底借不借人呀？」胖喇嘛笑他：「小伙子不懂事，這人就是因為愛馬，才會捨不得借與他人。」

秀才此時打個手勢，要他們仔細聽……

早晨間借與他，日平西盼望你。
倚門專等來家內。
柔腸寸寸因他斷，側耳頻頻聽你嘶。
道一聲好去，早兩淚雙垂。

音樂在這裡轉為低沉。唱曲的演員倚門盼望著，望著借馬人搖著馬鞭漸漸遠去。

畢伯斯笑著拍拍手說：「這人真是個呆子，既然捨不得借人家，那就拒絕他呀。」

馬可波羅正想勸他小聲一點，場中有人響起一句喝采：「小兄弟說得對！既然捨不得借人家，當然要拒絕他。」

馬致遠

馬致遠，字千里，號東籬。他小時候家境不錯，讀了很多書，也很積極的求取功名；可惜時運不濟，一直考不到好成績。

三十歲左右，他終於中了進士，開始當官，這一做就是十年。曾經擔任江浙行省的官吏，後來大多在大都（今天的北京）任工部主事。

十年後，馬致遠因為不滿官場的文化，隱居山野。退休後，他和幾個好朋友組了一個讀書會，大量的創作元曲。

「曲」是元朝最主要的文學形式，包括散曲與雜劇。散曲是僅供人清唱的歌詞；雜劇比較像現在看的傳統戲曲，它包含歌詞、動作與對話。

馬致遠會寫散曲，也會寫雜劇。他最有名的作品是〈漢宮秋〉。這齣戲描寫漢朝時王昭君出塞的歷史故事；四大美人之一的王昭君在宮廷裡受小人迫害，被皇帝遠嫁匈奴和親。這大概也反應出當年漢人被外族統治的哀愁吧。

除了馬致遠之外，元朝比較傑出的作曲家還有關漢卿、白樸和鄭光祖。他們四人的作品風格各有特長，於是被尊稱為「元曲四大家」。

超時空傳聲筒

元曲

俗話說：「詩莊詞媚曲俗」。意思是唐詩莊嚴，宋詞嫵媚，而元朝的曲比較通俗。其實以今日來說，每個人從小就背過幾首唐詩，這樣大眾化的詩，不也是一種「俗」；宋詞的主題不是悲涼淒婉，就是懷才不遇、國破家亡；相反的，元曲多數是很樂觀向上的曲風，讀完讓人莞爾一笑，即使俗，也沒什麼不好啊！

說起元曲的俗，主要是它的語言通俗。元曲使用很多的俗語，非常口語化，例如：

恰離了綠水青山那答，早來到竹籬茅舍人家。野花路畔開，村酒槽頭榨。直吃的欠欠答答，醉了山童不勸咱，白髮上黃花亂插。

這個曲子幾乎不太需要解釋，就能讀懂了：喝醉酒了不讓孩子勸，自己在白髮上亂插黃花——是不是很俗又很可愛？

元曲的另一個特點是內容很通俗，很多題材來自於生活中的點點滴滴。例如：

東村裡雞生鳳，南莊上馬變牛。六月裡裹皮裘(1)。瓦壟上宜栽樹(2)，陽溝裡好駕舟(3)。甕來大肉饅頭，俺家的茄子大如斗。

註：(1)皮裘：皮衣。(2)瓦壟：房上瓦脊。(3)陽溝：屋簷下流水的明溝。

這首曲在譏笑那些好吹牛皮的人，雞怎麼會生鳳凰，馬怎麼可能變成牛？

再看下面這首：

倚蓬窗無語磋呀，七件兒全無，做什麼人家，柴似靈芝，油如甘露，米若丹砂，醬甕兒恰才夢撒，鹽瓶兒又告消乏，茶也無多，醋也無多，七件事尚且艱難，怎生教我折柳攀花。

你曾在唐詩裡讀過柴米油鹽醬醋茶嗎？元曲裡就有。把生活瑣事堂而皇之寫進曲裡，讓人邊讀邊笑。

6 借一頭狼出門

「好馬既然捨不得借人家，當然要拒絕他。」

說話的是坐在場中的那個胖子。他聽完戲，站了起來，富田村民一看到他起身，連忙恭恭敬敬的站好，喊了一聲：「最受人尊敬景仰的、永遠偉大的馬大人好。」

原來他就是惡霸馬。他的肩上有隻老鷹，老鷹套著金絲背心，看起來神采飛揚。惡霸馬看看富田村的村民，問：「你們來這兒做什麼呀？難道也想跟我借馬？」

他這麼一說，跟在他身邊的一群人全都笑了。

年輕的姑娘說：「想找我家老爺借馬呀……」

粗壯的僕人接話：「再等三十年……」

眾人異口同聲：「看看主人借不借給你？」

笑聲中，胖喇嘛站起來說：「你是這裡的達魯花赤——惡霸馬大人？我們是來向你借馬的，一人一匹，總共要三匹。」

惡霸馬輕蔑的笑著說：「借馬？你問問我的大老婆、中老婆和小老婆們，我的馬借不借呀？」

原來那些姑娘全是他太太，她們個個笑得花枝亂顫，彷彿胖喇嘛說了一個多好笑的笑話；有個年紀最小的太太「咕咚」一聲向後滾了一圈，被幾個僕人扶起來繼續笑。

「呆瓜。」那女人笑著說。

「對對對，三個大呆瓜。」另個女人說。

「我們家老爺的馬，當然不借人。」

胖喇嘛幾次想叫她們先停一停，希望她們等一下再笑；但是這些太太笑得好開心，她們就是停不下笑聲。

矮喇嘛大搖大擺走到惡霸馬面前；一看到矮喇嘛的個子只到惡霸馬的肚子，那些太太就笑得更開心了。

矮喇嘛抬起頭，眼睛直瞪著那些太太們，用力一吼：「全都住嘴！」

那聲音像雷鳴，轟得人耳朵發麻。

惡霸馬肩上的老鷹嚇飛了；獸欄裡的老虎躲到角落；開心的太太們慌亂

我們這輩子還沒被兇過呢！大人請保護我們哪～

了手腳，瑟瑟縮縮躲到惡霸馬後頭。

草原安安靜靜，好像連蜻蜓都被嚇跑了。

矮喇嘛清清喉嚨：

「我們師兄弟奉大汗的命令，代他到各地主持風雨不來法會，」矮喇嘛把金牌舉得高高的，面對鴉雀無聲的草地，他的聲音很清楚：「為了辦事方便，大汗讓我們用這塊金牌調度一切，你得把馬借給我們，還要提供必要的工具和建材；要是誤了風雨法會大事，大汗再次征日失敗，你得承擔一切的後果。」

「你們是國師？」惡霸馬雙手扠腰，對他上下打量了一番，「不可能。國師出門騎馬坐轎，前呼後擁，你們卻連一匹馬都沒有？」

「對咩。」一個太太探出頭來，說完話，又急忙縮回去。

「只會吼我們，假國師。」另個太太說。

「快滾回去吧。」所有的太太又想笑了。

三個國師你看看我，我看看你，胖喇嘛拍拍肚子說：

「我們從大都出發時，大汗派了幾千輛車護送。」

「那些車呢？」惡霸馬小小的眼珠子盯著他。

胖喇嘛拍肚子的手一停，說：「我們沿路看百姓那麼辛苦，這裡缺食物，那裡少衣服，俗話說國師有好生之德，我們愛民如子……

「……這裡送幾輛馬車，那裡送點食物，」高喇嘛嘆口氣，「還沒到江南，連最後一輛馬車也送給一個貧苦無依的老奶奶。」

矮喇嘛看著惡霸馬說：「但是，大汗的工作還是要如期完成。你是這裡的達魯花赤，就得提供一切的物品，包括跑最快的馬，最舒適的帳篷，最好吃的食物，我們才能早日上臺作法。」

「搭臺子沒問題，借馬車沒問題，但是借馬……」惡霸馬的表情變得跟臺上的演員一模一樣——那是一種猶豫不捨與小氣的結合。

惡霸馬遲疑了一下，還是派人拉來一匹黑馬。他拍拍馬背說：「國師呀，你借別的行不行？我有幾十頭駱駝、上百隻驢子都可以借你，或是……你們要不要狼？大野狼不必借，我送你，讓你帶一頭狼出門。」

「哇，帶狼出門，很帥氣耶。」潘玉珊第一個贊成。

「可是狼會咬人。」畢伯斯搖搖頭，「你們千萬不要答應。」

胖喇嘛笑著說：「借我們一頭狼？哈哈哈，大汗的宮殿裡，什麼奇珍異獸沒有呢？光是獅子，大汗有五頭，每一頭幾乎都像牛一樣壯；大汗帶牠們去打獵，那些巨獅出籠時的兇猛氣勢和捕捉獵物時的敏捷行動，你們應該沒見過吧？」

他說到這兒，緩緩轉了一圈看著大家，每個人都很慚愧的低下頭。

「如果我們開口，大汗連獅子都會送我們。別忘了，我們是國師，何必跟你要一頭狼？大汗派我們去辦事，我們就需要幾匹馬，你別拿那種拉車、耕田的老馬來，若誤了大汗的事，他絕對饒不了你。」

胖喇嘛說到最後一句時，口氣突然變得很嚴厲。

7 大草原

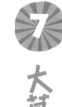

「借馬？」惡霸馬看看眼前的草地，「為了把馬養好，就得有好草地；為了這片好草地，你們知道我花了多少心思嗎？」

惡霸馬招招手，帶大家走進草原更深處。

天高地闊，成群的馬在草原上悠閒的吃草；這裡的草長得翠綠柔軟——原來惡霸馬的家連著所有的草地。潘玉珊和畢伯斯歡呼一聲，就在草地上追逐起來。

惡霸馬指著四周說：「這片草地，美不美？」

「不錯。」三大國師點點頭。

高喇嘛問：「江南這地方，怎麼會有這麼大片的草地？」

這個疑問，連馬可波羅也很想知道；他伸長了脖子仔細聽，連帽子掉了都渾然不覺。

惡霸馬高傲的說：「黃濁的河水長不出青草，種稻的農田怎麼可能是草地？這裡本來是田，我讓他們別種田了，種草最好。蒙古健兒就該在草原上長大，蒙古的馬兒就該在草原上奔跑。」

潘玉珊忍不住問：「那原來的房子呢？」

「放火燒了呀。草原上不能有屋子，這樣馬跑起來才舒服、

誰要是擋我愛馬的路，
我就把誰消滅掉！

自在嘛。拆掉屋子，大家住蒙古包，又輕又方便。」

胖喇嘛問：「那原來的商鋪呢？」

「拆掉了。」

高喇嘛問：「圍著村落的城牆？」

「推倒了。」惡霸馬開心的說：「看到沒有，誰說蒙古人就只能待在塞外寒冷的高原？照我的方法，就可以把江南的稻田變成大草原。江北變草原，江南變草原，以後處處都是大草原，養羊養馬和養牛，那將是多麼壯闊的畫面。」

「所以，你在這裡做實驗？」畢伯斯問。

「等我成功之後，大汗一定會很開心。」

潘玉珊不懂，她問：「你把稻田都變成草原，讓大家以後都吃草？」

「蒙古好漢喝奶茶吃牛肉，騎馬打仗展威風。」

畢伯斯也問他：「那你們穿什麼呢？」

他得意的說：「牛皮羊皮和馬皮——蒙古好漢只穿這個。」

潘玉珊說：「冬天還好，但你們夏天也穿羊皮大衣？那不是熱死了。」

「蒙古健兒可以把羊皮大衣脫了。」

「姑娘呢？難道蒙古姑娘在夏天也……」

潘玉珊說到這兒，臉都紅了，惡霸馬的大老婆、中老婆和小老婆卻都笑了。

「搶呀，沒有衣服就去搶呀。要絲綢要棉襖，要多少衣服就有多少衣服。搶搶搶，搶了這裡搶那裡，蒙古健兒跟著大汗，不愁沒有衣服穿呀。」

惡霸馬說到得意處，把馬鞭在空中用力一揮，「刷」的一聲讓人聽得膽戰心驚。

潘玉珊搖搖頭說：「不可能！你把桑樹砍光，就沒有桑葉養蠶；沒有蠶寶寶吐絲，就沒有絲織品了呀。」

「那……那我留一點地方種桑樹。」

「這麼多人需要穿衣服，那『一點地方』是多大一點？」

惡霸馬氣呼呼的回答：「他們是我的奴隸，不穿衣服也可以。」說到這兒，他自己大概也覺得不合理，聲音低了下去。

潘玉珊追問：「不穿衣服，那總得吃飯吧，他們吃什麼呢？」

「這……」惡霸馬被她逼急了，「好好好，我再留點地方種稻子，行不行？」

矮喇嘛突然插話：「不管行不行，你快把馬拉來，再替我們蓋風雨不來臺。你種不種稻子，我們不管你。」

8 紫晶千里馬法會

惡霸馬很擔心的說：「除了馬，我還要幫你們蓋法會的臺子？」

胖喇嘛笑著說：「聰明，答對了！蓋個大臺子，愈大愈能感動天地；來聽法會的人愈多，上天才會把風雨趕得愈遠。」

高喇嘛補充：「你還要準備供品：一座米山；一座麵山；一座水果塔；一座蔬菜樓。」

矮喇嘛提醒：「別忘了法器——金銀法器齊全，功德才能圓滿；外加十六個誦經人；十六個樂師；十六個……」

他們這一說就沒完沒了，惡霸馬急忙喊停：「那得花多少錢呀？」

矮喇嘛最討厭說話被人打斷，「哼」了一聲，「馬大人，心誠則靈，講錢就俗氣了；提起錢，這法會就無法成功；法會不成功，誤了大汗征日之旅……」

富田村的村民很有默契的說：「到時，後果你自己負責。」

「時間這麼緊迫，我上哪兒找這些東西呢？」惡霸馬擔心的在原地轉圈圈。

「這裡都是你的土地，」胖喇嘛笑著說：「你得想出辦法。」

「我……」

「對呀，你是偉大的令人尊敬的馬大人呀。」富田村的村民難得這麼開心。

潘玉珊和畢伯斯也跟著說：「你是偉大的令人尊敬的馬大人，這只是一點點小錢……」

惡霸馬急得直跳腳，幸好，高喇嘛給他提示：「其實哦，也可以不用花這麼多錢的。」

惡霸馬驚喜的停下腳步，問：「真的？」

「我們一路南下，沿路每個地方都搭過風雨不來臺。」

「所以……？」

胖喇嘛笑著說：「你去向人家借臺子嘛，可以省很多錢。」

「對對對，那……」他又想到，「那些什麼金銀法器，米山水果塔的……？」

胖喇嘛露出莫測高深的微笑說：「買二手的法器嘛，雖然別人用過，但是心誠則靈。放心，我們師兄弟就有代辦二手法器出租業務。」

惡霸馬激動得眼淚都快飆出來了，「你是說，我可以跟你們租法器？」

胖喇嘛點點頭，拍拍他的臉頰：「我們三大國師愛民如子，絕不是來製造你的困擾，別擔心。為了風雨不來法會，我們準備了富貴銀羊級、富豪金牛級和紫晶千里馬三種出租方案讓你選擇。」

「這些有什麼差別嗎？」

胖喇嘛說：「差別大囉。富貴銀羊級只需交鈔兩百貫；我們提供各式銀質法輪、降魔杵和珍貴木刻菩薩坐像，保證讓你的法會熱熱鬧鬧。」

高喇嘛下接著說：「如果你的經費許可，富豪金牛級要價沒有想像中的貴——花個交鈔五百貫，它將是你的最佳選擇。所有供桌上的法器都用九九九純金打造，吐蕃運來的佛像讓法會無風又無雨；大汗一歡喜，升官

就有期。」

「五百貫……天哪，那……如果是什麼紫晶千里馬？」

「哈哈哈，我就知道你有慧根。你如果挑選紫晶千里馬的方案，我們將提供你一連串頂級貴賓獨享的全方位服務。」胖喇嘛說：「有八寶、七吉祥和正宗紫水晶法器一套，合計一百零八件。」

高喇嘛走上前說：「內含來自聖塔祕城的水晶降魔杵，上頭鑲了三十六顆藍寶石，和遠從天竺而來的三大菩薩像座鎮。」

矮喇嘛拍拍惡霸馬的腰說：「這種等級的法會可遇不可求，我們從大都出發以來，只有六名心地虔誠的將軍、領主辦過。雖然一場要價五千貫，但是做完法會後，這些官員個個長命百歲，身體比大草原上最勇猛的犛牛還要強壯，而且家庭幸福美滿。更重要的是，大汗極度滿意，認為他們是真正能體會大汗苦心的臣子，不但加官晉爵，還賞賜了大把的黃金白銀。」

「五千……五千貫？」富田村的村民聽得嘴巴都變圓了。

「我連十貫都沒看過。」有人說。

「別說十貫，我做工一整年，都賺不到五貫。」還有人說。

惡霸馬好開心，他在地上翻了個筋斗，說：「那麼，就來場什麼千里馬的吧！」

「有眼光，你是最有品味的大人。」矮喇嘛難得的笑了，他拍拍手說：「各位富田村的村民們，現在就跟著馬大人，去錢庫裡搬五千貫，咱們還要趕著大做法會呢。」

9 欽差大人

一聽到搬錢，富田村的村民個個都伸長了脖子；五千貫就算不是自己的，能搬一回也算是開了眼界。

「親手摸過這麼多錢，回家也可以說給子孫聽。」

「沾沾金光銀光，看自己是不是也能夠賺大錢。」

他們七嘴八舌的自動排隊，正要往前走，突然有人喊了一聲：「等一下。」

「都停下來吧！」那人又喊了一聲。

畢伯斯回頭——啊，是馬可波羅在說話：「我想，我調查清楚了。」

「你是誰呀？」惡霸馬怒氣沖沖的問，「這裡輪得到你說話嗎？」

馬可波羅站直身子，把帽子和外套扯掉，他抬起頭，緩緩看了大家一眼：「我是大汗三號特使，奉命到江南來明查暗訪。」

惡霸馬拍著頭，大笑說：「剛來三個國師，現在又來一個特使，我看你們都是假的。」

三大國師急忙搖頭說：「不不不，我們真的是國師，吐蕃來的國師。」

矮喇嘛拿出他的金牌說：「我們有它做證明。」

馬可波羅把牌子拿過去，只看一眼就說：「假貨！」

矮喇嘛想把牌子拿回來，馬可波羅卻把牌子丟給潘玉珊，「你看清楚，這是真的假的？」

那塊牌子做工很粗糙，就是一塊瓦牌上塗了金漆，被人寫了幾個字。剛才矮喇嘛秀它的時間短，距離又遠，難怪沒人發現有問題。

畢伯斯湊近了看，「哈哈哈，這是瓦片，寫的字也醜。」

「那是複製品嘛。我們出來辦事，怎麼可能把真金牌放在身上呢，要是掉了怎麼辦？」胖喇嘛解釋到這兒，偷偷踢了高喇嘛一下，高喇嘛「哦」了一聲，急忙往下接話：

「所以……所以我們就在路上找塊瓦片，照真的金牌重做一份。如果你們不相信，我們改天再拿金牌給你們看。現在呢……啊，我們還要去別的村子辦法會，這事情很重要，若是耽誤了，往後大汗責怪下來，沒人能承擔後果。」

高喇嘛在說話的時候，胖喇嘛悄悄往後退，想要退到人群外面，富田村的村民卻擋著他的去路。他試了幾次都出不去，一回頭，惡霸馬也很生氣，說：「你們竟敢假冒大汗的名義，在這裡招搖撞騙。今天晚上，就讓你們陪我的老虎睡覺。」

他說這話時，獸欄裡的老虎恰好吼了一聲，嚇得胖喇嘛腿都軟了，「咚」的一聲跪倒在地上。

馬可波羅說：「大汗對國師很尊重，喇嘛們對人都很客氣，哪會像你們這樣到處詐騙呢？」

矮喇嘛還想狡辯：「我們……我們真的是國師呀。」

老大爺拍拍他的頭：「乖，別再騙人了吧。」

「這……」三個假國師立刻被村民們抓起來。

最開心的人是惡霸馬，他用力摟著馬可波羅說：「謝謝你幫我拆穿這三個冒牌國師，今天晚上我們好好喝一杯。」

馬可波羅掙脫他的手，笑著說：「抓了三個假國師，現在該來辦正事了。」

「還有什麼事？」

「事情多著呢。經過我的調查，你身為達魯花赤，卻胡作非為，把老百姓當成奴隸，強佔民房，魚肉百姓；忽必烈汗三番兩次下令，不准有人把良田改成草原，你卻違反一切的禁令。」

「我……我……」惡霸馬把腰桿一挺，「沒有，沒有，我做的一切都是為了大汗好。」

他這麼一說，他那些大老婆、中老婆和小老婆也跟著哭天搶地：

「對呀對呀，我們家老爺都是為了大汗好。」

馬可波羅拍拍老大爺的肩，說：「幸好富田村村長寫信到大都，大汗派我來調查，看看是什麼樣的達魯花赤，把全村百姓當成奴隸。馬大人，你的面子真夠大，能讓大汗親自派人來。」

惡霸馬的臉色鐵青，他咬著牙說：「欽差大人，您來的時候，帶了多少人哪？」

馬可波羅笑一笑說：「這是祕密任務，欽差只有我一人。」

惡霸馬的臉上浮現可怕的笑容，他說：「那太好了。來人呀，在場的人一個也別放過，通通給我殺了。」

「是！」惡霸馬的僕人殺氣騰騰的跑出來，手裡不是刀就是劍，把馬可波羅和其他人

我到中國後有學過一點武功，大家不要怕！

團團圍住。

馬可波羅不慌不忙的把金牌舉高說：「我是大汗三號特使，誰敢動我？」

潘玉珊站在他身邊，鼓起勇氣說：「他是大汗派來的欽差大人，你們不想活了嗎？」

僕人們互相看了看，不曉得該怎麼辦。

惡霸馬大吼一聲：「殺，殺了他們，我有重賞。」

僕人們聽到有賞金，眼睛亮了，膽子大了；他們衝過來，畢伯斯嚇得往後退，潘玉珊拉著他說：「別怕，跟他們拚了。」

她擺出拳擊姿勢，想對付幾個敵人。

馬可波羅從容不迫的喊了聲：「伙計們，出來活動活動筋骨吧。」

那是一句暗號；一聽到這句話，好多富田村的村民突然站了出來。

他們拿掉斗笠，扯掉假髮；跛著的腳好了，彎著的腰挺直了——原來這些士兵全扮成村民，躲在人群裡。

士兵們武藝高強，沒幾下就把僕人打倒了。

一直沒說話的秀才，慢條斯理的拿出筆墨；他寫字寫得又快又好，一下子就把人名全部登記完畢。

「大人，一共逮到三名假喇嘛，一個作威作福的達魯花赤，外加十八個為虎作倀的僕人。」

原來，連秀才也是馬可波羅的手下。

10 惡霸馬有個藏寶庫

現場突然安靜了下來。

只有惡霸馬咬牙切齒的說：「騙人，你不是說只有你一個人？」

「沒錯呀，我是跟你說，欽差只有一人，但是你又沒問我手下有多少人？」馬可波羅接著問：「好了，惡霸馬，你把欺壓百姓的錢放哪裡去了？」

惡霸馬的態度很強硬，他回答：「不知道。」

潘玉珊勸他：「你趕快把錢還人家，讓他們買些種子、水牛，還來得及把草原變回農田。」

「我不知道！」

「你不說，我們也搜得出來。」馬可波羅說。人多好辦事，帳篷拆掉，獸欄搬開，戲臺推倒了。沒多久，連帳篷下的草皮都被挖開來，卻什麼也找不到。

惡霸馬說：「看吧，我是個奉公守法的達魯花赤，沒有什麼錢。」

「有個地方值得好好找一找。」潘玉珊提議。

「什麼地方？」馬可波羅問。

「他的錢說不定就藏在馬廄裡。」

馬廄裡有幾十匹馬，公的母的黑的白的，每一匹都漂亮。

潘玉珊實在不懂，她問：「一個人養這麼多馬做什麼？」

畢伯斯記得新聞報導過，「現代的有錢人收集跑車，元朝的有錢人就收集馬。」

「我收集馬，但是我沒有收集錢。」惡霸馬堅持，「我窮得只剩這幾匹馬，哪來的金銀珠寶呀？」

潘玉珊不相信，她和畢伯斯在馬廄裡轉了一圈。

草料、馬槽、草料和馬槽，除此之外，什麼也沒有。

馬可波羅在原地踱步，「難道是我判斷錯誤？」

惡霸馬冷笑著說：「看吧，沒有錢。」

潘玉珊問：「馬可叔叔，我們把馬牽走，再找一遍？」

「好，試試看。」

他們把馬牽出去，回到馬廄趴在地上找了一遍，還是什麼也沒有。

「如果不在馬廄，難道……」潘玉珊望著馬廄邊的草料堆時，她突然發現惡霸馬也正緊張的望著那裡，看到她在看自己，又急忙把頭轉回來，開始大吼大叫，胡說八道。

潘玉珊問：「草料堆？」

惡霸馬激動了：「你們應該在外頭找，草原底下才有可能藏錢呀。」

「馬可叔叔，請把草料堆翻開。」潘玉珊說。

在惡霸馬不斷的咒罵聲中，草料堆被搬開了。

底下有個小門。

拉開門，金光閃耀。

地窖堆滿了金元寶。

後頭全是翡翠、珊瑚和寶石。

每一樣都好看，每一樣都值錢。

「那是大汗賞賜我們家的！」

惡霸馬怒吼，「誰敢拿走？」

「那這個金菩薩呢？祂本來供

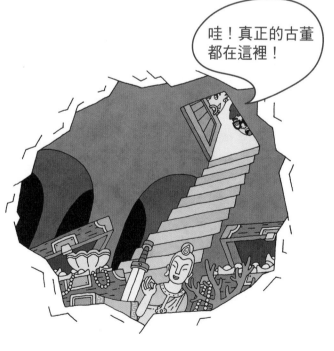

奉在我家，」老太爺拿起一個玉鐲說：「這是我太太的。」

富田村的村民在地窖裡翻翻揀揀，驚呼聲此起彼落。

「我家的銀盤子。」

「爺爺的銀寶劍。」

「祖傳玉枕頭，感謝列祖列宗，我找到它了。」

畢伯斯在角落發現一個不起眼的小木桶。

髒髒黑黑，其貌不揚，和財寶放在一起，更顯得奇怪。

「這是什麼呢？」

他好奇的打開蓋子，裡頭全是黑色的粉末，入鼻很嗆，味道卻很熟悉。

畢伯斯問：「馬可叔叔，這是什麼？」

「這是火藥！」馬可波羅大叫。

「火藥？」

「阿彌陀佛，會爆炸呀。」

人們拔腿就往地窖外跑，那些金銀珠寶撒了一地也沒人撿。大家就怕跑得慢了，火藥爆炸，哪裡也去不了。

「哪有人在藏寶庫裡放火藥？」潘玉珊不懂。

惡霸馬狂笑：「想當年，我爹跟著大汗打天下，就拿這火藥去攻城。那些花刺子模人沒見過火藥，被炸得飛上天。」

馬可波羅點點頭說：「蒙古大軍帶火藥攻城，天下無敵。」他突然睜大眼睛，「小兄弟，你怎麼抱著它出來呀？」

畢伯斯這才發現，他剛才太緊張，忘了把火藥桶丟掉；被馬可波羅一說，他急忙把桶子放下。

潘玉珊眼尖，火藥桶邊黏著一塊布，她把布打開。

高高低低的線條，上頭寫滿了地名。

秀才看看地圖：「這是成吉思汗西征時的地圖，從蒙古打到花刺子模，再從那裡打回……」

他還在解釋，外頭卻有很多人在喊：

「跑了，跑了，他跑了。」

馬可波羅問：「誰跑了呀？」

「特使，惡霸馬趁著混亂，搶了一匹馬跑了。」

「快，快跟我去追。」

馬可波羅翻身跳上馬，他的手下也全都跳上馬。這些本來都是惡霸馬的愛馬，平時自己捨不得騎，更不願意借人，沒想到這會兒，全都要去抓他。

潘玉珊學過馬術，她挑了匹白馬，躍上馬背，望著前面的大草原，有種女俠的氣勢。

可惜，她旁邊是個笨手笨腳的畢伯斯。

「你快點嘛。」潘玉珊催他。

「我也想呀，可是我爬不上去嘛。」

「真受不了你。」潘玉珊輕喝一聲，白馬跳起來，她順勢拉起畢伯斯，「坐好了。」

畢伯斯緊張的大叫：「你騎慢一點。」

潘玉珊哪會聽他的話，她很愛看熱鬧，幾十個人抓惡霸馬的戲，沒看到了多可惜。她雙腿一夾，白馬立刻快跑起來。

風聲呼呼，畢伯斯只覺得自己快掉下去了。

我只聽過暈車、暈船，還沒聽過有人會「暈馬」。
騎慢一點，我頭暈！

他不斷的「啊啊啊」亂叫。

直到白馬都停下來了，他還在叫。

「你叫夠了沒有呀？」潘玉珊忍不住問。

「到……到了嗎？」畢伯斯閉著眼睛說。

「迷路了，我們追丟了。」潘玉珊說。

畢伯斯睜開眼睛——啊，夕陽西下了，草原上全是飛舞的紅蜻蜓，但是……他忍不住「咦」了一聲：「這裡……我們來過。」

「當然來過，這是惡霸馬的家嘛。」潘玉珊沒好氣的說：「我們繞了一大圈，又回到他家了。」

惡霸馬跑了，他的僕人和姨太太們也都四散了，草原上，只剩下凌亂的帳篷和那堵孤單的牆。潘玉珊轉頭看馬背上的畢伯斯，畢伯斯手裡還緊抓著那張地圖。

她突然想到：「奇怪，我們找到地圖，為什麼還回不去？」

畢伯斯記得：「機車老師說，回去的時候，要有地圖和氣泡水。」

「水？」潘玉珊眼尖，她下馬從地上撿起一個獸皮做的水袋，那是惡霸馬的，「這兒就有。」

「有水有地圖。」畢伯斯看看四周，除了傾倒的帳篷和一座牆，什麼也沒有。

畢伯斯跳下馬，他來到牆邊，東摸西摸，最後望著牆邊的大門說：「難道在外頭嗎？」

當他的手碰到大門時，感覺到了一股輕麻。

那是一股很細很細的電流，他回頭看看潘玉珊，潘玉珊也正在望著他，她一定也感覺到了。

於是，他們同時跨步穿過那道門。

火藥西傳

火器，最早出現在中國的唐朝；被人加以應用，是南宋的陳規。他發明一種管狀的火器——火槍，從此之後，戰爭就有了巨大的轉變。

蒙古人本來也不太會用火器。他們滅掉金朝之後，從金朝擄來大批的火器，將金朝製火藥的工匠和火器手全編進蒙古的軍隊裡，讓蒙古軍的戰鬥力如虎添翼，攻擊起來更加可怕。

這可怕的轉變，出現在蒙古第二次西征，新編入的火器部隊也隨軍出動。那時火器並不具有太大的殺傷力，但是巨大的聲響、駭人的火花，都讓從未見過火器的西方國家產生害怕。蒙古大軍作戰時，也彷彿多了啦啦隊的加油，打起仗來更加勇猛。

在後來的蒙古西征裡，他們對火器的使用日益熟練，蒙古大軍橫掃東歐平原。其中一個例子就是西元一二四一年四月，蒙古大軍與波蘭和日爾曼的聯軍在東歐大平原上展開激戰。根據波蘭歷史對這場戰爭的記載，蒙古大軍在這場對戰中使用了一種木筒裝火箭，火箭成束發射，威力強大。

後來，蒙古人滅掉阿拉伯帝國，建立伊利汗國，那裡成了火藥等中國科學知識向西方傳播的樞紐。而配備火藥武器的蒙古軍隊在歐洲的長期駐紮，也提供歐洲人學習火藥技術的機會。

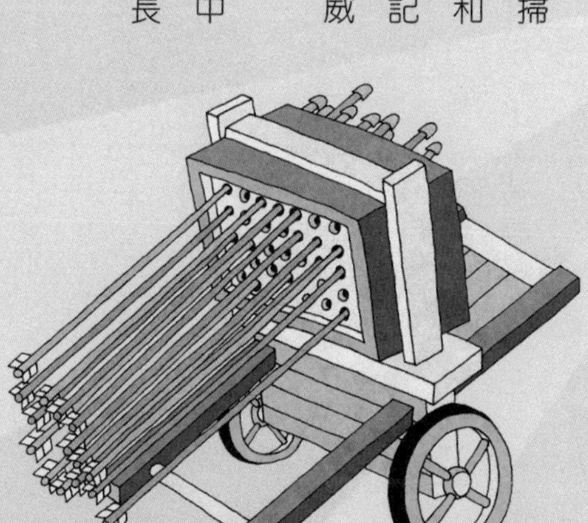

11 天鵝湖

四周靜悄悄，一切好像都一樣，也好像有點不一樣。牆的那邊還是草原，牆的這邊卻成了……可能小學的地圖室。他們同時回頭，那道門卻不知道什麼時候變成了一堵白牆。畢伯斯伸手推了推，牆就是牆，牆邊是放地圖的架子，幾隻白色的大鳥蹲坐在架子最上方看著他們。

「地圖室？我們回到地圖室了。」潘玉珊好開心，她指著白鳥說：「這些鳥是從哪裡飛出來的呀？」

畢伯斯把白鳥抱起來，拿出被牠們坐著的地圖，輕輕擦掉白鳥留下的臭「黃金」說：「這是中古黑暗歐洲童話角色分布圖，牠們來自……」他的手指停在一塊藍色的區域，「天鵝湖。」

「你們是天鵝？」潘玉珊捏著鼻子，「原來天鵝也會『嗯嗯』在地圖上呀？」

這時，地圖室被人拉開，一個胖胖的小女孩站在門外，是可能小學六年級的王小薇。

「潘玉珊，畢伯斯，那些記者說你們再不開記者會，他們就不幫我們宣傳老師的演唱會了。你們……」她盯著那幾隻天鵝，瞪大了眼說：「你們躲在這裡玩天鵝？」

「我們……」

「你們跑到這兒做什麼啦？」

「我們……」畢伯斯和潘玉珊很有默契的點點頭，決定要保守地圖室的祕密：「我們去找天鵝呀。」

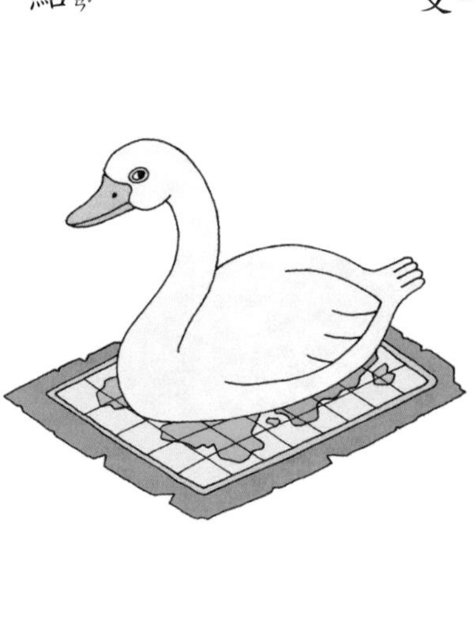

畢伯斯還問：「你怎麼沒去找機車老師呢？」

王小薇兩手一攤：「我整個學校都找過了，找不到他。但是我總算找到你們了。」

「你說機車老師也不見了？」

「難道他是……」

潘玉珊和畢伯斯的腦海裡，同時浮現馬可波羅那長手長腳的樣子。

「不會吧？」潘玉珊說。

「誰知道呢？」畢伯斯聳聳肩。

如果他們的老師，真的也跑進元朝，扮起馬可波羅……

「不可能吧？」或許有人會說。

但是，在可能小學裡，沒有不可能的事呀。

一個歐洲人，居然大老遠跑來元朝當臥底偵探？這可是從來沒發生過的新鮮事！是什麼原因把馬可波羅從義大利帶到中國？這一路上，他遇到了什麼新奇好玩（或危險）的事情？

想要更了解馬可波羅和他的經歷嗎？不用急著翻開《馬可波羅遊記》，我們現場立刻請到這位特別來賓，跟大家說清楚，講明白！

：歡迎大家來到「絕對可能會客室」。

：在絕對可能會客室裡，會見你想都想不到的人物。

：那怎麼可能？

：所以才叫做「絕對可能」呀。

：請問，今天我們要會客的是……

：大名鼎鼎的馬可波羅先生。

：他是老朋友了，在元朝當臥底間諜的大汗特使。馬可叔叔，好久不見，請跟大家打個招呼。

：大家好，我是馬可波羅，大汗特使三號。

：馬可叔叔，可不可以先跟大家介紹一下你自己。

：沒問題，我是義大利威尼斯人，外號叫百萬先生。我在西元一二七一年，跟著爸爸和叔叔到中國；那一次我們走了四年的時間才到中國大都，在那邊做了好幾筆大生意，直到遇見了忽必烈汗。後來他留我在中國當密使，我幫他辦了好幾百萬件的事，直到一二九五年才回到家鄉威尼斯。

：等一下……你們走了四年才到中國？

：都快比唐三藏去西天取經還久了，為什麼？

：在當年，到中國沒有飛機也沒有鐵路，只能騎馬；有很多地方連馬也走不了，就要靠自己的雙腳。路上還有許多可怕的危險，隨便就會奪走百萬人的性命。

：什麼危險，這麼可怕？

：叔叔你太誇張了，把畢伯斯給嚇到臉色發白了呢。

：我說的是真的。我曾遇過一種可怕的熱風，它會讓人呼吸困難、窒息而死，只要被這風颳到，隨便一百萬人都會死光。

：那怎麼辦？

：只要你發現有熱風的跡象，要迅速跳入水中躲起來，等到熱風過後，才能浮出水面。

：真是驚險。還有其他的事件嗎？

：我們也曾遇過好多次強盜，他們用巫術把白天變成黑夜，再趁機下手行搶，我們很多夥伴就是因此被抓被殺；我也曾經走過多日的荒原，那裡的水跟海水一樣鹹，顏色像草一樣

綠，根本不能喝；我們還徒步走上帕米爾高原，連走十二天，看不見一個人。

：叔叔，你覺得旅途中最可怕的是什麼地方？

：最可怕的……最可怕的地方在貝恩之後那片沙漠。

：沙漠？

：那片沙漠，即使從它最窄的地方過去，也要一個多月時間；如果走它最寬的地方，幾乎要一年。在這三十天的路程中，都是不毛之地，幸好，我們每晚停留的地方都能找到水，水不多，卻夠一百個人和我們帶來的牲畜喝。

：聽起來真的好可怕。

：恐怖的是，荒原有許多幽靈，它們或許有百萬個，它們讓人產生幻覺，有些旅人如果落單了，他們就會突然聽見有人在呼喚自己的名字，聽起來口音很熟，好像是親朋好友；如果跟著聲音走，就會誤入歧途，只能坐以待斃了。

：馬可叔叔，難道這一路上都沒什麼新奇好玩的事嗎？

：我們那時候的旅行都是慢慢走，有時遇到適合的地方，一住就是一年。我曾在忽里模子平原渡過美麗的河流，河邊是遍地的棗樹，幾乎有一百萬棵，林中棲息著百萬種美麗的鳥雀；薩普甘的甜瓜最好吃，它們和蜜糖一樣甜。對了，還有葉爾羌，那是一個宏偉壯麗的城市，城內有美麗的花園，周圍有盛產一切果實的平原。邊走邊玩，就是你們現在說的……

：「慢遊」。

：對對對，慢遊。

：那時的中國是怎樣的情形呢？

：我在中國十幾年，經常到各地考察。大汗統治了百萬的土地，有百萬的人民信服他，他的治理像日月星辰一樣大公無私——哦，請容許我站起來朝東方鞠個躬，向偉大的忽必烈汗行個禮。

：馬可叔叔，你真的看過忽必烈？

：忽必烈汗的意思是「眾王之王」。其實，以他統治的人民數目，土地幅員的遼闊，收入的巨大，他早已超過了世界上過去和現在的一切君王。

：忽必烈是個怎樣的人呢？

：他的身材中等，紅光滿面，他的眼睛黑得發亮，鼻子端正高挺，他是我見過——哦，請容許我再站起來朝東方鞠個躬，向偉大的忽必烈汗再度行個禮，他真是我見過最偉大、最有勢力的大汗。

：你曾跟著他去打過仗嗎？

：他有百萬的大軍，他出征時，坐在一個木製的亭子中，亭子放在四頭大象背上，象身用厚牛皮包著，再披著鐵甲。木亭中還有許多弓箭手，亭頂上飄揚著繪有日月的皇旗。哦，大汗出征，那真是……那真是……（又要站起來狀）請容許我……

：（急切狀）馬可叔叔，忽必烈汗住在哪兒呀？

：他住在汗八里城。

：汗八里？

：哦，那時叫汗八里，現在好像叫做北京。大汗的皇宮周圍用了上百萬的大理石修建，外面有美麗的欄杆，他的大殿和房間都裝飾著鍍金的龍、各種鳥獸。世界各地最稀奇最有價值的東西都會運到汗八里城裡——別忘了，這裡有百萬的人口，什麼東西它都需要的。

：馬可叔叔，那時的中國，有什麼讓你難忘的事呢？

：太多了，太多了，我想至少有上百萬件吧。例如鈔票。

：鈔票有什麼了不起，我口袋裡就有。

：當年可了不起了，歐洲都沒有呢。那鈔票是用桑樹內皮製成，像正方形，但是略長一點。這種紙幣的製造是十分慎重的，做好紙幣後，官員要在上頭簽名和蓋章，才能使用。你要是有了這張紙幣，在大汗的國土上，你都能任意使用，用它們買任何你想買的東西。

：買珠寶呢？

：可以。

：買珍珠或房子？

：當然也可以，我就有一張一百萬的大鈔。

：哇，那你一定很有錢。

：可惜，那張大鈔被我帶來帶去，被磨爛了。

：還有什麼事讓你難忘的？

：多著呢。中國有一種黑石，它被人從山裡挖出來，這種黑石像木炭一樣容易燃燒，但它的火焰比木材還要好，甚至可以整夜不滅。這種石頭，一定要先點燃一小角，否則不會燃燒；但一經燃燒，就會發出很大的熱量，是不是很神奇？

：會燃燒的黑色石頭？

：……黑色的石頭，可以不斷燃燒——那就是煤炭嘛！

：如果我把這石頭運到歐洲賣，一定可以賺好多個幾百萬。

：我現在終於知道，大家為什麼要稱呼您為百萬先生了。

：沒有沒有，我沒有家產百萬。

：但是你開口閉口總是「百萬」來「百萬」去。

：哈哈哈，說的也是。

：感謝馬可叔叔來我們的節目。

：希望下回還有機會邀請您。

：好呀，下次再來分享我在中國當臥底偵探的故事。

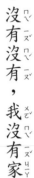

絕對可能任務——

看完了潘玉珊和畢伯斯在元朝的冒險，
是不是覺得刺激又有趣？
想成為時空冒險旅人中的一員嗎？機會來了！
接下來的任務就交到你手上，
讓不可能的任務成為可能吧！

任務1  馬可波羅遊臺灣

教案設計：溫美玉／臺南大學附設實驗小學教師

馬可波羅如果有機會遊臺灣，你會如何介紹自己，以及向他介紹哪些最具特色的人、事、物，讓他帶回義大利與他人分享？試著想一想吧！

	名稱	外型、特徵（文／圖）	功能（厲害之處）	眾人評價
自己（導遊）				
食（美食）				
衣（服飾）				

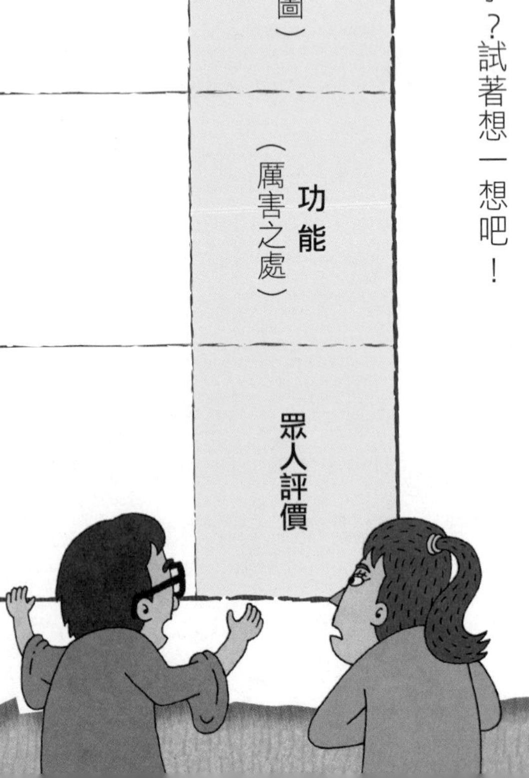

知名人物	樂（娛樂）	育（宗教、教育）	行（交通）	住（建築）

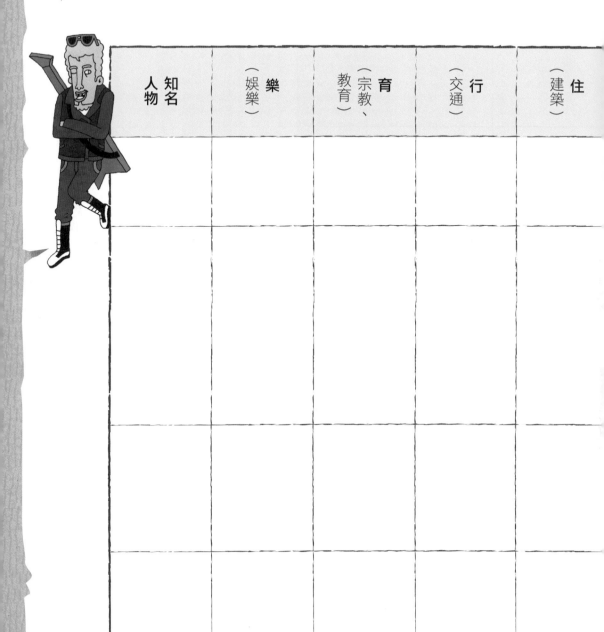

任務2 痛定思痛，元軍再起

當年元朝遠攻日本兩次失敗，一般認為颱風是最大原因。如果要避免之前兩次錯誤與失敗，你可以提供改進的方法嗎？你可以自己想想，也可以跟同學、家人討論後將方法寫上去，最後並請評估每種方法的優缺點。除此之外，若還想再戰，應該如何更積極的準備和布局？（請試著從「要如何打贏一場戰爭」的方向去思考）

人物	提供的方法	優點	缺點
三大國師	建造風雨不來臺		
潘玉珊畢伯斯	避開颱風，在秋天進行		

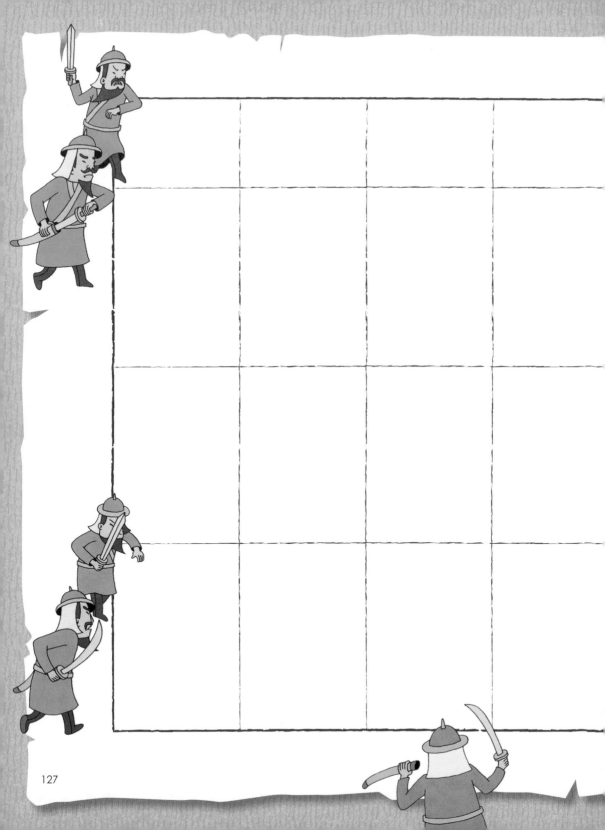

任務3  贏得民心在慈悲

元朝是蒙古人建立的王朝，當年要統治中原的漢人非常不容易，整個故事中，我們可以看見許多不合理、不人道的地方，但大部分應該不是蒙古領導者的初衷與本意。在此活動中，大汗想邀請你這位小國師，擔任稽查的角色，提出「惡霸馬」對富田村村民的六大罪狀，做為未來施政改進的參考。

	文章中的事實描述	錯誤之處
例子	老大爺再幫他舀了一勺水：「當然不必，您永遠排最前頭。」	仗勢欺人——讓屬下（秀才）仗著主人的氣勢及權位，欺負平民百姓，作威作福。
一		

六	五	四	三	二

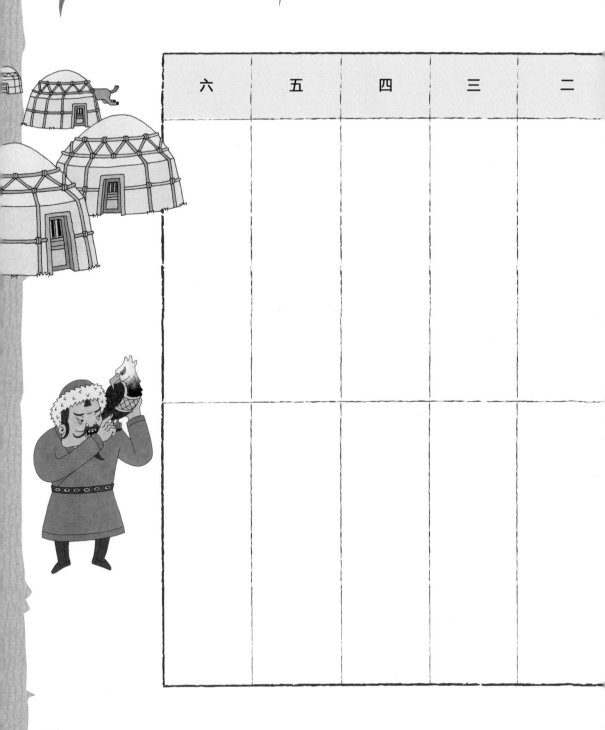

作者的話

上一堂穿越千古的歷史課

讀國中的時候，我們歷史老師的綽號叫「老祖宗」。

老祖宗當然不姓老，她的年紀也很小，人長得溫柔美麗又大方；會有這麼逗趣的外號，全來自她的第一堂課。

那堂課講五十萬年前的北京猿人。北京猿人是人類的老祖宗，住在周口店，他們那時已經會用火了。如果老祖宗半夜想上廁所，對不起，那時代沒有馬桶，屋裡也沒有電燈，他們得走到山洞外頭解決；「要是一不小心哪……」老師的講課聲音停了一下，純粹想吊我們胃口。

「會怎樣啦？」我們班的肥仔問。

「要是一不小心碰上老虎，老祖宗就成了老虎的消夜囉。」

那堂課，老師左一句老祖宗、右一句老祖宗，她的外號就是這麼來的。

老祖宗的歷史課沒有違和感，她講起課，那些事彷彿昨天剛發生般，在那個還沒人談穿越的年代，我們的歷史課早就在玩穿越了。

例如有一堂課講唐朝，老祖宗不知道去哪兒找來導遊三角旗，帶我們穿越千古，回到唐朝參加她的一日遊行程；從長安春明門進去，經過灞橋風雪，直到唐玄宗的興慶宮……課上完了，長安城的東西南北也全記住了。

又例如她有天早上，帶了一堆食物來，什麼包子饅頭香蕉蘋果橘子的。我們猜老祖宗要請大家吃早餐，她說沒錯，但是要我們先猜猜，哪些食物北宋人吃不到，猜對了，才有賞。

前一天她才教過東西文化交流，後一天就帶食物讓你穿越時空，夠鮮了吧。

等我當了老師，幫小朋友上社會，我也希望孩子別離歷史太遠；古代人的生活，除了科技輸我們之外，其實也跟我們差不多。

他們一樣會生氣，一樣喜歡別人拍馬屁；長安城的房價高得讓人買不起；放假的時候，古人也喜歡去城外郊遊，不想留在城裡堵馬車。

古人的喜怒哀樂，和我們差不多。

因為差不多，我就盡量把小朋友和李白、杜甫畫上等號，人人聽得笑嘻嘻。

這次我又有機會寫「可能小學」，為了這件快樂的事，我又有機會跑大陸。

想要把故事寫好，最好能親臨現場。西安離古代的長安不遠；洛陽是東漢的首都；北宋的首都在開封；這些地方我都去了，站在古人生活過的地方，望著一樣的藍天與太陽，閉上眼睛，我真有一睜眼就能見到李白、杜甫的感覺呢。

啊，要是真能遇到他們一次，該有多好？

於是，我決定了，帶大家回到歷史上的關鍵點：

戰國，我想帶你們認識莊子——那個參透生死，喜歡講故事的道家學派主角。他身處戰國咚咚戰鼓中，會活得如何精采呢？

東漢，造紙術剛被發明出來，那時的人怎麼看待「紙」這種東西呢？東漢還出過一位偉大的科學家張衡，他不但懂科技，也熟天文和書畫詩詞，簡直是十項全能的古人，值得我們走一趟東漢去拜訪他。

北宋有一張名揚千古的畫——清明上河圖；開封有個斷案如神的包青天；平時看畫要去故宮，看包青天得等電視連續劇，現在有機會穿越一下，我也想帶你們到北宋。

最後是元朝。相較其它朝代，元朝奠基於草原，他們是馬背上的蒙古族，只是他們的故事被歷史的雲煙遮蔽太久，趁這時候，我們騎馬馭鷹進元朝，帥不帥？

唐太宗教我們：要把歷史當成一面鏡子，當你面對難題時，想想古時候的人會下什麼樣的判斷：有人做了錯的決定，遺臭千年；有人做了對的選擇，從此青史留名。

親愛的小朋友，當你讀歷史書時，如果能從中汲取一點精華，你這一生必能活得同等精采。

走吧，咱們穿越千古，來上歷史課吧。

審訂者的話

兼具專業與樂趣的兒童橋梁讀物

洪麗珠／科技部人文社會科學發展中心博士後研究員

蒙古元朝不僅是中國歷史的一環，也是最具世界性影響的朝代。在那個時期，東方與西方的往來基本上暢通無阻，文化的交流盛況可說空前。蒙古族的統一與蒙古帝國的創建者鐵木真（成吉思汗）是中外歷史上的「十大征服者」之一，亦是最廣為西方所認識的「東方帝王」。二零一五年初《國際財經時報》（International Business Times）引述英國《自然》（Nature）週刊，報導英國萊斯特大學（University of Leicester）的遺傳學家喬布林（Mark Jobling）的最新研究，指出成吉思汗的遺傳基因是亞洲影響最廣者，其「子孫」佔據亞洲男子的百分之二十，全球男子的百分之零點五。這樣的研究可能需要更多的證據，但是蒙元的創建者毫無疑問是世界級的大人物，如同西方的亞歷山大大帝、拿破崙一般。

成吉思汗所留下的蒙古帝國，雖然在孫子蒙哥、忽必烈兩任時期走向分裂，最終忽必烈（元世祖）在中國本土建立元朝，宣告「大蒙古帝國」的結束，但是成吉思汗的子孫，依然是各地的統治者，也是充滿歷史魅力的大汗們。在蒙古治理之下的元朝與中亞、西方諸汗國維持著政治統一之外的緊密關係，大量的中亞穆斯林、西方基督徒來到元朝，從事各種活動，為中國的社會注入更加多元而豐富的文化——義大利威尼斯來的「百萬先生」馬可．波羅就是這段時期最著名的人物。【可能小學】透過馬可．波羅這個角色作為故事主軸，帶出元朝時期政治、社會、文化上的點滴，輔以「絕對可能會客室」、「超時空傳聲筒」單元，小讀者們可以從中得到元朝這個具備許多特殊性的朝代知識，成為以後進一步了解元朝如何延續中國的北宋、金朝、南宋，以及如何影響明、清兩代的基礎。例如成吉思汗與馬可波羅的人物介紹、忽必烈出兵日本的過程、「達魯花赤」到底是什麼官、藏傳佛教的興盛與弊端、馬致遠與元曲的發展以及火藥的西傳等，皆為提綱挈領的知識。

編輯群在各方面都很細緻的與作者、專門學者討論溝通，本書企圖兼具專業知識與樂趣，可說是介於通俗與專業之間的兒童讀物橋梁。做為一套知識性讀本，【可能小學的歷史任務】以有趣的形式及扎實的內容，帶給臺灣兒童更多元的閱讀經驗。

推薦人的話

故事的引力

林文寶／臺東大學榮譽教授

從小我們就要學習各種生活的基本、知識、技能與情意。而故事是學習的酵素，總是可以讓難入口的知識，變成一道道可口的佳餚。

大部分的學生都認為學習是件苦悶的事，不過如果學生肯扎扎實實的學會學習，學習會是一件快樂的事。

隨著時代的改變，填鴨式的學習已經不在，新的教育講求更多元化的學習，主要幫助孩子培養邏輯思考與理解能力，進而達到快樂的學習。而【可能小學】這一系列知識性作品，強調從故事當中認識歷史，就有這樣的趨勢。

【可能小學】的場景是發生在學校，校園生活故事一直是孩子喜歡的故事，因為與孩子的生活最接近，所以能產生極大的共鳴。若是說看完【可能小學】，學校的考試就沒有問題，這是騙人的；不過，應該可以引發孩子對於歷史的興趣，增強孩子的學習動機。

而這次的【可能小學】新系列，是介紹戰國、東漢、北宋和元朝四個朝代，這四個朝代都是中國燦爛精采的朝代，每個朝代都有其美麗的風景，舉凡飲食、服裝、藝術、文化都與眾不同；因此若能熟悉各個朝代的歷史，相信對於孩子的生活與眼界，一定有所助益。歷史的重要，在於「借鏡」——通過閱讀歷史的過程當中，可以發現前人的智慧，更了解自身文化。

一個喜愛閱讀的孩子，他的眼睛總是雪亮，他的人生絕對比別人更為精采；因為閱讀的關係，使他的眼界遠了，心也寬了。

閱讀絕對根植於生活，知識也是如此，如果能把知識生活化，絕對是學習的祕密武器。在我長期的任教生涯中，發現能夠把知識生活化，而非教育化的時候，學習效果會有不可思議的成長。

那麼，如何把知識生活化呢？首先，我們必須要有個概念：當知識不被使用到的時候，它就是廢物，一文不值，還占腦容量呢！唯有生活化，讓知識與生活連結在一起。當知識能在生活當中被運用，知識才是知識，孩子也在使用知識的過程中，獲得相當的成就感。

當一個孩子可以透過環遊世界，學習每個國家的地理，或者歷史，一定比靠著課本上的平面知識學習的效果，來得好上一百倍；因為歷史不再是冷冰無聊的文字敘述，而是可以摸得到的實際經驗，這就是知識生活化，得到絕佳學習效果的最好例子。

但是並非每個孩子都能有此般環境與經濟條件，不過不用擔心，因為科技的發達，使得孩子可以透過電視、網路等科技媒體得到知識生活化的效果。例如觀看旅遊節目、歷史戲劇，或者現在也愈來愈多偶像歷史劇，都可以達到知識與生活作為連結的方式，讓知識就在我們的生活當中。

王文華的【可能小學】將知識生活化，將許多歷史變成一則則校園的生活事件；他把歷史變成故事的情節，不只活化了歷史，還增添現代感，使得現在的孩子也能輕鬆閱讀。於是在市場上獲得廣大的支持——具時代性，新穎的題材，是他的價值。

【可能小學】系列不只將故事生活化，還將故事趣味化，使得在閱讀的過程當中，相當的愉快，沒有壓力，還能嗅聞到歷史的芬芳，絕對是歷史課本的補充教材，或是引導教材的不二選擇。因為它不是教科書，它是寓教於樂的讀物。

更因為它有生活，有故事。

★ 最嚴謹的審訂團隊：延請中興大學歷史系教授周樑楷、輔仁大學歷史系助理教授汪采燁審訂推薦，為孩子的知識學習把關，呈現專業的多元觀點。

★ 最具主題情境的版面設計：以情境式插圖為故事開場及點綴內文版面，讓孩子身入其境展開一場精采的紙上冒險。

★ 最豐富有趣的延伸單元：

・「超時空翻譯機」：以「視窗」概念補充故事中的歷史知識，增強孩子的歷史實力

・「絕對可能會客室」：邀請各文明的重要人物與主角對談，透露不為人知的歷史八卦頭條

・「絕對可能任務」：由專業教師撰寫學習單，提供多元思考面向，提升孩子的邏輯思考能力

《決戰希臘奧運會》

鍋蓋老師把羅馬浴場搬進校園當成學生的水上樂園，卻發現水停了。劉星雨和花至蘭被指派到控制室檢查水管管線，一陣電流竄過身體，他們發現自己來到古羅馬浴場！他們被迫參加古羅馬競技賽，這下該如何安然躲過猛獸的攻擊呢？

《亞述空中花園奇遇記》

鍋蓋老師執導的古文明舞台劇「兩河流域：肥沃月灣」在水塔劇場公演。劉星雨上台表演前在布幕後睡著了。醒來時，發現置身於一個奇妙的空中花園，還遇到亞述國王正在獵第三百頭雄獅。戰火不斷的亞述帝國還有更多奇遇……

《勇闖羅馬競技場》

為了奪得運動會冠軍，劉星雨與花至蘭出發尋找尋寶單上的五個希臘大鬍子男人；才剛通過夜行館的門，兩人卻發現廣場上有正在被老婆罵的蘇格拉底！雖然順利完成任務，卻也被當作斯巴達的奸細，遭到雅典人的追捕……

《埃及金字塔遠征記》

花至蘭和劉星雨拿著闖關卡，準備參加埃及文化週總驗收。才剛踏出禮堂，兩人立刻被埃及士兵綁架，準備獻給尼羅河神。劉星雨還被埃及祭司認定是失蹤多年的埃及小王子！他該如何證明自己的身分，回到可能小學呢？

全系列共 4 冊，各冊 280 元。

可能小學的西洋文明任務

結合超時空任務冒險 ╳ 歷史社會學科知識，放眼國際，爲你揭開西洋古文明的神祕面紗！

「什麼都有可能」的可能小學開課囉！
社會科鍋蓋老師點子多，愛辦活動，
這次他訂的主題是「西洋古文明」——
學校禮堂是古埃及傳送門，尼羅河水正在氾濫中；
在水塔劇場演舞台劇，布幕一換，來到了烽火連天的亞述帝國！
動物園的運動會正在進行，跑著跑著，古希臘奧運會就在眼前要開始了；
老師把羅馬浴場搬進學校，沒想到，眞實的古羅馬競技卻悄悄上演……

系列特色

★ 最有「哏」的校園冒險故事：結合快閃冒險 X 時空穿越 X 闖關尋寶，穿越時空回到西方古文明，跟著神祕人物完成闖關任務！

★ 最給力的世界史入門讀物：補充國小階段世界史知識的不足，幫助學生掌握西洋古文明的發展脈絡及重點，累積國中歷史科學習的先備知識。

任務

史百萬小學堂，等你來挑戰！

系列特色

1.暢銷童書作家、得獎常勝軍、資深國小教師王文華的知識性冒險故事力作。
2.融合超時空冒險故事的刺激、校園生活故事的幽默，與臺灣歷史知識，讓小讀者重回歷史現場，體驗臺灣土地上的動人故事。
3.「**超時空報馬仔**」單元：從故事情節延伸，深入淺出補充歷史知識，增強孩子的臺灣史功力。
4.「**絕對可能任務**」單元：每本書後附有趣味的闖關遊戲，激發孩子的好奇心和思考力。
5.國立成功大學臺灣文學系教授、前國立臺灣歷史博物館館長吳密察專業審訂推薦。
6.國小中高年級～國中適讀。

學者專家推薦

我建議家長們以這套書為起點，引領孩子想一想：哪些是可能的，哪些不可能？還有沒有別的可能？小說和歷史的距離，也許正是帶領孩子進一步探索、發現臺灣史的開始。

—— 國立成功大學臺灣文學系教授　**吳密察**

「超時空報馬仔」單元，把有關的史料一併呈現，供對照閱讀，期許小讀者認識自己生長的土地，慢慢養成多元的觀點，學著解釋過去與自己的關係，找著自己安身立命的根基。

—— 國立中央大學學習與教學研究所教授　**柯華葳**

孩子學習臺灣史，對土地的尊敬與謙虛將更為踏實；如果希望孩子「自動自發」認識臺灣史，那就給他一套好看、充實又深刻的臺灣史故事吧！

—— 臺北市立士東國小校長・童書作家　**林玫伶**

悠悠蒼鷹探元朝

作　　者｜王文華
繪　　者｜L&W studio

責任編輯｜許嘉諾
美術設計｜林佳慧
行銷企劃｜陳雅婷

天下雜誌群創辦人｜殷允芃
董事長兼執行長｜何琦瑜
媒體暨產品事業群
總 經 理｜游玉雪
副總經理｜林彥傑
總 編 輯｜林欣靜
主　　編｜李幼婷
版權主任｜何晨瑋、黃微真

出 版 者｜親子天下股份有限公司
地　　址｜台北市 104 建國北路一段 96 號 4 樓
電　　話｜（02）2509-2800　傳真｜（02）2509-2462
網　　址｜www.parenting.com.tw
讀者服務專線｜（02）2662-0332　週一～週五：09:00~17:30
讀者服務傳真｜（02）2662-6048
客服信箱｜parenting@cw.com.tw
法律顧問｜台英國際商務法律事務所 · 羅明通律師
製版印刷｜中原造像股份有限公司
總 經 銷｜大和圖書有限公司　電話：（02）8990-2588

出版日期｜2015 年 11 月第一版第一次印行
　　　　　2023 年 4 月第一版第二十二次印行
定　　價｜280 元
書　　號｜BKKCE016P
ISBN｜978-986-92261-5-8（平裝）

訂購服務
親子天下 Shopping｜shopping.parenting.com.tw
海外 · 大量訂購｜parenting@cw.com.tw
書香花園｜台北市建國北路二段 6 巷 11 號　電話（02）2506-1635
劃撥帳號｜50331356 親子天下股份有限公司

國家圖書館出版品預行編目資料

悠悠蒼鷹探元朝 / 王文華文；L&W studio 圖．
-- 第一版．-- 臺北市：親子天下，2015.11
144面；17×22公分．--（可能小學的歷史任務．II；4）

ISBN 978-986-92261-5-8（平裝）

859.6　　104019881